Katja Reider

Der PrinzessinnenClub

Glück hoch drei

Katja Reider

Der PrinzessinnenClub

Glück hoch drei

Mit Illustrationen von
Dagmar Henze

cbj

cbj ist der Kinder- und Jugendbuchverlag
in der Verlagsgruppe Random House

FSC
Mix
Produktgruppe aus vorbildlich bewirtschafteten Wäldern und anderen kontrollierten Herkünften
Zert.-Nr. SGS-COC-001940
www.fsc.org
© 1996 Forest Stewardship Council

Verlagsgruppe Random House FSC-DEU-0100
Das für dieses Buch verwendete FSC-zertifizierte Papier
München Super Extra liefert Arctic Paper Mochenwangen GmbH.

Gesetzt nach den Regeln der Rechtschreibreform

1. Auflage 2010

Umschlagbild und Innenillustrationen: Dagmar Henze
Lektorat: Martina Patzer
Umschlagkonzeption: Ekkehard Drechsel, Unterankenreute
MP · Herstellung: AnG
Satz und Reproduktion: Uhl + Massopust, Aalen
Druck: GGP Media GmbH, Pößneck
ISBN 978-3-570-13851-9
Printed in Germany

www.cbj-verlag.de

Manchmal habe ich das Gefühl, Emma und Sissi schon eine halbe Ewigkeit zu kennen! Wirklich, wir drei sind uns inzwischen total vertraut! Ich weiß genau, wie die beiden anderen ticken. Kann problemlos voraussagen, ob Emma jetzt gleich knallrot anlaufen wird (was ihr andauernd passiert) und wann sich Sissis Miene von Jetzt auf Gleich verschließen wird. Das ist bei ihr immer so, als ob ein Rollo runtergelassen wird: Schwupps – und zu! Wenn das geschieht, können Emma und ich auf Sissi einreden wie auf ein totes Pferd, zumindest ist die gleiche Reaktion zu erwarten: keine! Nicht mal ein Augenklimpern. Und dieser Zustand kann andauern … puh!

Natürlich kennen Emma und Sissi mich, Diana, genauso gut wie ich sie. Schließlich haben wir drei schon so einiges zusammen erlebt. Schließlich sind wir alle drei … Prinzessinnen.

Warum wir noch nie in der Klatschpresse aufgetaucht sind? Weshalb wir noch nie als hochwohlgeborene Töchterlein eines Prinzen Ed von Schleck oder einer Prinzessin Kiki von Knölleborg gnädig vom Balkon gewinkt haben? – Ganz einfach: Weil wir keine richtigen Prinzessinnen sind! Also, so von Geburt an, meine ich. Dabei sind wir innerlich viel mehr Prinzessinnen als es die meisten »echten« Blaublütigen von sich behaupten können: Wir sind nämlich Prinzessinnen der Herzen! Wir tun Gutes und das ständig, laut der goldenen Prinzessinnenregeln mindestens dreimal pro Woche! Und im Gegensatz zu unseren Namensvetterinnen, den echten Prinzessinnen, die sich vor jedem neu eröffneten Kinderheim nur kurz fotografieren lassen, um dann sogleich wieder zu entschwinden, packen wir bei unseren guten Taten selbst mit an. Und wie!

So ist es uns in der kurzen Zeit als Prinzessinnen beispielsweise gelungen, den Streit zweier reizender alter Damen zu beenden. Ja, dank uns sind die beiden jetzt wieder allerbeste Freundinnen!

Außerdem haben wir für »Lilienthal« – das ist die Konditorei von Sissis Eltern – eine ziemlich geniale Marketing-Idee entwickelt. – Bitte? – Na ja, gut, dass wir die Konditorei zuvor durch eine gut gemeinte, aber fehlgeschlagene Hilfsaktion fast in die Pleite geritten hätten, sei der Vollständigkeit halber hier kurz erwähnt. Aber eigentlich kommt es ja nur auf das Endergebnis an, oder? – Na, bitte! Und das war bei aller Bescheidenheit wirklich grandios. Durch unser Eingreifen ist der Coffeeshop, der gegenüber der Konditorei »Lilienthal« aufgemacht hat, nun keine Konkurrenz mehr, sondern der größte Abnehmer der superleckeren Lilienthalschen Donuts, Muffins und Schoko-Cookies. Hmm, mir läuft schon beim Schreiben das Wasser im Mund zusammen ...! – Wo war ich stehen geblieben? Ah ja, bei den guten Prinzessinnen-Taten. Aber Sissi, Emma und ich, wir hatten uns noch viel mehr als nur gute Taten auf die Fahnen geschrieben, als wir zu Anfang des Schuljahres den Prinzessinnenclub gegründet haben. Wir stellten insgesamt sieben goldene Regeln auf, nach denen wir eine Zeit lang leben wollten. Hier sind sie:

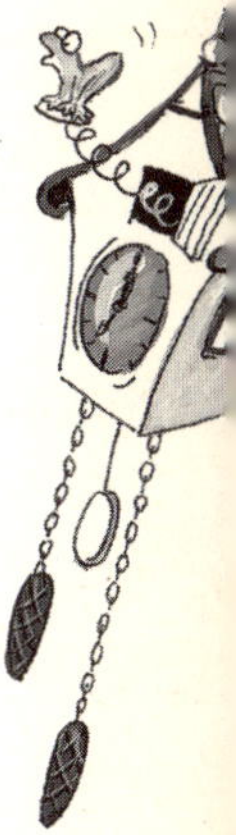

Die sieben goldenen Regeln des Prinzessinnenclubs

1. Eine Prinzessin tut Gutes (mindestens dreimal pro Woche. Bei größeren guten Taten oder Ausfall durch Krankheit reicht manchmal auch eine gute Tat pro Woche).

2. Eine Prinzessin denkt nicht zuerst an sich selbst, sondern an andere. Deshalb merkt sie sofort, wenn jemand Hilfe braucht, und schreitet, ohne zu zögern, zur Tat.

3. Eine Prinzessin lügt nicht. Nur in äußerster Notlage. Und keinesfalls häufiger als einmal täglich.

4. Eine Prinzessin lästert niemals über Abwesende. Auch dann nicht, wenn sie allergrößte Lust dazu hat und es jede Menge Anlass und herrlichsten Stoff dafür gibt.

5. Eine Prinzessin vermeidet Wutausbrüche und Schimpfworte aller Art – jedenfalls in der Öffentlichkeit.

6. Eine Prinzessin steht für die anderen ein. In guten, vor allem aber in schlechten Zeiten gilt: eine für alle – alle für eine!

7. Eine Prinzessin bewahrt immer (auch im Falle von Katastrophen aller Art, inklusive Erdbeben, Vulkanausbrüchen, Todesdrohungen etc.) striktes und absolutes Stillschweigen über Inhalte, Mitglieder und Regeln des Prinzessinnenclubs.

Klingt ganz schön anstrengend, oder? Ist es auch. Aber mit der Zeit gewöhnten wir uns immer mehr daran und ehrlich gesagt sehen wir einige der goldenen Regeln inzwischen nicht mehr ganz so eng… Außerdem haben wir einen wöchentlichen Ausnahme-Tag vereinbart, den sogenannten Teufelchen-Dienstag. Da sind alle Club-Regeln außer Kraft gesetzt.

Habe ich eigentlich schon erzählt, wie wir überhaupt auf den Gedanken gekommen sind, ausgerechnet einen Prinzessinnenclub zu gründen und nicht einfach einen »Club-der-guten-Taten« oder so? Nein? – Ah, dann muss ich an dieser Stelle wohl ein bisher streng gehütetes Geheimnis lüften: Emma und ich werden beide von unseren Papas »Prinzessin« genannt. Natürlich nur, wenn keiner mithört. Peinlich? Nö, jedenfalls nicht peinlicher als andere Kosenamen, die sich Eltern für ihre Kinder so ausdenken: Mäuschen, Häschen, kleiner Schisser, Zwerglein, Pupsi ... Was ich da schon alles gehört habe! Unvorstellbar, das grenzt zum Teil an Körperverletzung, echt! Da können Emma und ich über »Prinzessin« noch richtig froh sein! Aber natürlich darf Papa mich nie NIE, NIE, NIE vor anderen so nennen. Da würde ich im Boden versinken. Oder bis ans andere Ende der Welt auswandern. Ja, das würde ich tun! Es reicht schließlich schon, dass meine Eltern mich nach der englischen Prinzessin Diana getauft haben. Mama ist ein richtiger Fan von ihr, also von der richtigen Prinzessin Diana, auch wenn die schon vor vielen Jahren gestorben ist.

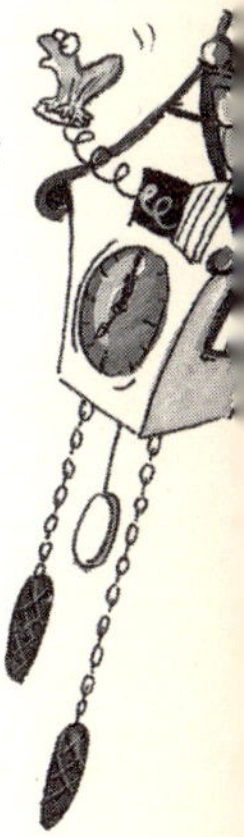

Sissi ist die einzige von uns dreien, in deren Adern vielleicht tatsächlich ein klitzekleiner Tropfen echten blauen Bluts fließt. Vor einer Ewigkeit soll nämlich einer von Sissis Vorfahren einem Vorfahren der echten bayerischen Prinzessin Sissi das Leben gerettet haben und dafür in den Adelsstand erhoben worden sein. Diese alte, leider nirgendwo belegte Familiengeschichte genügte Sissi, um sich von ihrem eigenen verhassten Taufnamen Amalie

Severine zu verabschieden und sich fortan Sissi zu nennen. Inzwischen haben viele in unserer Klasse Sissis richtigen Namen längst vergessen. Und Emma und ich, wir werden uns hüten, Kevin, Raphael, Tiffany und all die anderen daran zu erinnern. Sissi wäre stocksauer auf uns. Nein danke! – Ich berichte jetzt lieber darüber, wie wir drei uns in unser nächstes Prinzessinnen-Abenteuer gestürzt haben. Achtung, es geht los …!

N*a, ihr zwei,* habt ihr euch am Wochenende auch brav Gedanken über das Schulfest gemacht?«, fragte Sissi, während Emma und ich unsere Fahrräder an ihrem Drahtesel anschlossen. Das machen wir jeden Morgen so. Aus unerfindlichen Gründen besitzt Prinzessin Amalie Severine Lilienthal nämlich kein eigenes Schloss, auch kein Fahrradschloss. Sissi ist schlicht und einfach der Überzeugung, dass es sowieso keiner wagen würde, ihr Rad zu klauen. Und wahrscheinlich liegt sie damit gar nicht mal so falsch.

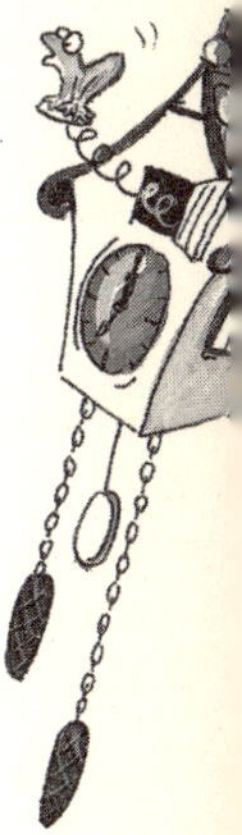

Ich schüttelte den Kopf. »Nee, ich hab keinen einzigen Gedanken daran verschwendet! Ich bin sicher, dass unsere gute Frau Hasemann schon ganz genau weiß, welche Aufgabe sie unserer Klasse bei dem Fest aufdrücken will. Es macht nur einen besseren Eindruck, wenn sie uns vorher fragt, was wir denn für Ideen haben.«

»Meinst du wirklich?« Emma wühlte zerstreut in

ihrer Tasche herum. Offensichtlich suchte sie ihre Brotbox. Dabei hatte die Schule noch nicht mal begonnen und das gesunde Vollwert-Frühstück, das Emmas besorgte Mutter ihrem Töchterlein allmorgendlich vorsetzt, lag vermutlich noch keine halbe Stunde zurück. Emma ist wirklich ziemlich verfressen. Und nebenbei bemerkt nahezu süchtig nach den süßen Leckereien von Lilienthal.

Aber statt der erwarteten Brotbox zog Emma jetzt eine fein säuberlich geschriebene Liste hervor. »Hier, ich hab ein paar Ideen notiert!«

»Lies vor!«, drängte Sissi. »Und wir entscheiden dann, was du davon gleich in der Klasse vorschlagen kannst!«

»Du spinnst wohl!«, rief Emma empört und knuffte die kichernde Sissi in die Seite. »Das entscheide ich schon selber!«

»Und wenn ein total peinlicher Vorschlag dabei ist?«, mischte ich mich ein. Und bekam prompt ebenfalls Emmas Ellenbogen zu spüren.

»Ihr zwei seid ganz schön doof, wisst ihr das eigentlich?«

Sissi und ich nickten übertrieben eifrig, woraufhin Emma seufzte. Sissi und ich, wir ziehen Emma immer wieder gern damit auf, dass ihr ständig alles Mögliche »schrecklich peinlich« ist: von der Fliege an der Wand bis zu einem winzigen Zahnpasta-Sprengsel auf der Nasenspitze. Aber wir meinen das natürlich nicht böse, schließlich ist Emma unsere Freundin.

»Also«, begann Emma, »ich hab mir gedacht, unsere Klasse könnte beim Schulfest ein paar Spiele für die kleinen Geschwister organisieren, auf dem Schulhof. Ihr wisst schon: Dosenwerfen, Hindernisrennen, Brezelfangen und so weiter.«

»Nicht schlecht.« Ich nickte zustimmend. »Und was hast du noch?«

Emma warf einen Blick auf ihre Liste. »Wir könnten Plätzchen backen, die wir an Eltern und Gäste verkaufen, und den Erlös für einen guten Zweck spenden.«

»Hmm … gute Idee, aber ich denke, das wird schon durch unsere Konditorei abgedeckt«, meinte Sissi. »Meine Eltern spenden sicher wieder Kuchen oder Kekse für das Schulfest. Und ich könnte mir vorstellen, dass Jos Mutter dabei auch mitmacht.«

Jo Brandner ist erst seit einem halben Jahr in unserer Klasse. Seiner Mutter gehört der neue Coffeeshop, der Sissis Eltern anfangs so große Sorgen gemacht hat. Aber das ist vorbei. Inzwischen verstehen sich Jos Mutter und Sissis Eltern super und Jo und Sissi auch. Obwohl Sissi ihre Beziehung zu Jo (wenn Sissi das Wort »Beziehung« liest, bekommt sie bestimmt einen Schrei-Anfall, wetten?!) immer herunterzuspielen versucht. Völlig zwecklos übrigens. Emma und ich wissen ganz genau, dass Sissi Jo mindestens genauso zuckersüß findet wie Emma die Lilienthalschen Nougatkringel. Aber das ist eine andere Geschichte …

Natürlich behielt ich mit meiner Vermutung mal wieder recht: Unsere Klassenlehrerin Frau Hasemann hörte sich die verschiedenen Vorschläge für das Schulfest geduldig und scheinbar sehr interessiert an. Hier und da machte sie sich sogar eine kleine Notiz, um zu zeigen, dass sie Kevins Idee, einen Free-Climbing-Wettbewerb an der Schulfassade zu organisieren, ebenso ernst nahm wie Tiffanys Vorschlag, in der Pausenhalle ein komplettes Fingernagel-Studio einzurichten, wo gestresste Mütter und Lehrerinnen mit Plastiknägeln und Glitzersternchen verschönert werden sollten. Erst danach präsentierte uns Frau Hasemann ihre eigenen Pläne. Und die hatten es in sich.

»Also, ihr Lieben: Herr Dr. Knüsen, unser Schulleiter, hat mich gebeten, mit euch ein Theaterstück zu erarbeiten und das auf dem Schulfest aufzuführen.« Frau Hasemann strahlte in die Runde. »Ich fand diesen Vorschlag sehr schön. Und da wir uns zu Beginn des Schuljahres im Unterricht ja sehr intensiv mit dem Thema Märchen auseinandergesetzt haben«, Frau Hasemann machte eine Kunstpause, »werden wir auf dem Schulfest ein Märchen aufführen!«

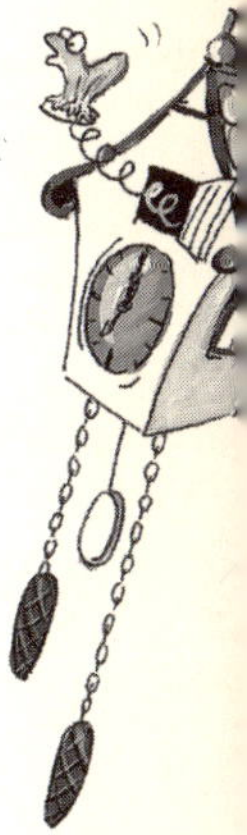

Einen Moment schwiegen alle.

»Ein Märchen?!!«, ächzte Raphael dann ungläubig, während sein Stuhl in eine gefährliche Schieflage geriet.

Auch Kevin, den wir wegen seiner hellblonden, steil nach oben gegelten Haarsträhne zu Anfang »das blondierte Nashorn« getauft hatten, starrte Frau Hasemann entsetzt an. »Sie meinen, so mit Zwergen und Prinzen und Rehlein und so ’nem Mist? So was sollen wir aufführen?«

»Kevin, mäßige dich bitte!« Frau Hasemann warf Sissis Tischnachbarn einen strafenden Blick zu. »Glaub mir, es gibt inzwischen sehr moderne und witzige Märcheninszenierungen. Niemand wird dich zwingen, einen Zwerg zu spielen!«

»Das will ich auch hoffen«, brummte Kevin. »Ich setz nämlich bestimmt keine dämliche rote Zipfelmütze auf. Damit das schon mal klar ist!«

Frau Hasemann seufzte. »Bevor wir uns Gedanken über die Rollenverteilung machen, sollten wir uns vielleicht erst mal auf das Märchen einigen, das wir spielen wollen.«

Jetzt wurde es natürlich erst richtig turbulent. Alles schrie wild durcheinander:

»Rotkäppchen!«

»Nee, lieber Schneewittchen!«

»Ich bin für die sieben Raben!«

»Quatsch! Die kleine Meerjungfrau!«

»Tischlein ... äh ... Tischlein-wie-hieß-das-nochmal?«

Erst nach einiger Zeit gelang es Frau Hasemann die Klasse wieder halbwegs zu beruhigen. »Halt, halt! Ich hätte euch vielleicht gleich sagen sollen, dass nur zwei Märchen zur Auswahl stehen. Und über die werden wir abstimmen. Es handelt sich um ›Dornröschen‹ und ›Hans im Glück‹.«

Augenblicklich kehrte Ruhe ein. Anscheinend brauchten wir alle eine Weile, um die Botschaft einordnen zu können: »Dornröschen« oder »Hans im Glück«, etwas anderes kam also gar nicht infrage. War das nun gut oder schlecht? – Ich wechselte einen schnellen Blick mit Sissi.

»Dornröschen«, hauchte sie mir lautlos zu.

Ich nickte zustimmend. Klar, was sonst? »Hans im Glück« war doch wohl total öde! Da gab es nur ein paar langweilige Jungenrollen und jede Menge

Tiere. Und wer bitte schön hatte schon Lust, eine Kuh zu spielen oder ein Schwein?! – Dagegen gefiel mir die Vorstellung, »Dornröschen« aufzuführen, immer besser. Das konnte man sicher schön inszenieren! In Gedanken ging ich bereits die verschiedenen Stationen des Märchens durch: Das Königspaar, das sich sehnlich ein Kind wünscht. Dornröschens Taufe. Die Wünsche der guten Feen und der Fluch der bösen. Das unglückliche Auffinden der Spindel … Allein die Szene, in der das ganze Schloss in einen hundertjährigen Schlaf fällt, gab sicher unendlich viel her. Und all die Prinzen, die sich dann verzweifelt bemühen, die gefährliche Dornenhecke zu durchdringen, um das schlafende Dornröschen mit einem Kuss zu erlösen … Ach, das würde richtig romantisch werden! Und nicht mal die Jungs konnten sich beschweren! Sie würden schließlich allesamt als Prinzen auftreten dürfen und konnten nach Herzenslust mit Plastikschwertern auf Pappe-Hecken einhauen. Was wollten sie mehr? Und das Dornröschen … Wer von uns Mädchen würde wohl das Dornröschen spielen? – Hmm … also, Emma schon mal nicht. Mit ihrem schwarzen Pagenkopf und dem runden Gesicht sah sie kein klitzekleines bisschen aus wie Dornröschen. Außerdem würde Emma auf

der Bühne vor lauter Nervosität sowieso kein Wort rausbringen, das war schon mal klar. Auch ich selbst kam für die Rolle nicht infrage, obwohl ich mich mit meinen blonden Haaren und den blauen Augen vermutlich sogar ziemlich leicht als Prinzessin stylen konnte. Aber, ehrlich gesagt, war ich gar nicht scharf auf die Hauptrolle! Viel zu viel Text! Und schauspielerisches Talent besaß ich leider auch nicht die Bohne. Ich war ja schon im Kindergarten an meiner klitzekleinen Fliegenpilz-Rolle und zwei Zeilen Text kläglich gescheitert. Meine Mutter hatte mich weinend von der Bühne ziehen müssen. (Also, ich hatte geweint, nicht Mama!) Ein echtes Trauma …! Nein, ich würde mich bestimmt nicht um die Hauptrolle bewerben. Aber Tiffany, unsere blond gelockte selbst ernannte Klassenschönheit, die würde sich mit Sicherheit um den Dornröschen-Part reißen! Dabei wäre sie aus vielerlei Gründen eher für eine Rolle als böse Fee geeignet. Aber das war ein anderes Thema!

Ich ließ meine Augen weiter durch die Klasse wandern. Mellie, Arifa und Ronja eigneten sich vermutlich auch nicht als Dornröschen. Aber, na klar, Sissi natürlich! Mit ihren altmodischen, weit schwingenden Röcken, ihrer Eleganz und den langen Locken war Sissi einfach die geborene Prinzessin. Sie sollte, nein, Sissi musste das Dornröschen spielen, das stand völlig außer Frage! Ich wurde ganz aufgeregt. Am besten, ich schlug Sissi jetzt sofort für die Rolle vor. Bevor Tiffany sich melden und selbst zum Dornröschen ernennen konnte. Also, es war keine Zeit zu verlieren! Schon schoss mein Arm nach oben.

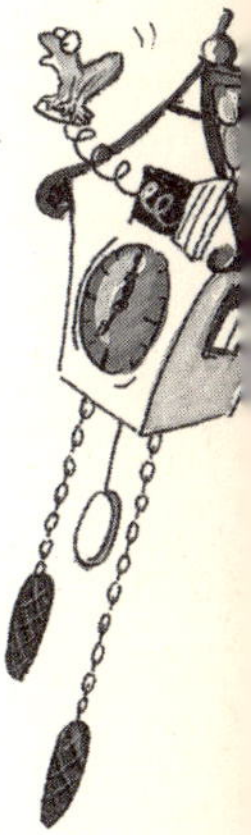

»Frau Hasemann?« Ich wedelte in der Luft herum.

Aber unsere Klassenlehrerin schüttelte abwehrend den Kopf. »Im Moment bitte keine Wortmeldungen, Diana! Wir wollen erst abstimmen!«

Abstimmen?! Jetzt verstand ich gar nichts mehr. Worüber denn abstimmen? Verwundert blickte ich mich um.

»Über das Märchen!«, zischte Emma mir zu. »Hast du denn nicht zugehört? Wir müssen doch darüber abstimmen, ob wir ›Hans im Glück‹ aufführen oder ›Dornröschen‹.«

Davon hatte ich tatsächlich nicht das Geringste mitbekommen. Und ich wusste auch gar nicht, warum eine Abstimmung nötig sein sollte. Wer bitte schön wollte schon »Hans im Glück« auf die Bühne bringen? Eine Geschichte über einen Deppen, der die Kugel Gold, die er als Lohn für sieben Jahre schwere Arbeit bekommen hat, zuerst gegen lauter klapperige Tiere eintauscht und schließlich gegen einen Wetzstein zum Scherenschleifen. Den Stein lässt Hans dann in den nächstbesten Brunnen plumpsen, sodass er am Ende ohne einen Cent dasteht. Obwohl … ich kam ins Grübeln … wahrscheinlich würde die Mehrzahl der Jungs im Zweifelsfall tatsächlich lieber »Hans im Glück« spielen als »Dornröschen«. Ein Theaterstück, in dem Prinzessinnen, Feen, Schlösser und Küsse vorkamen, war für Kevin, Raphael und Co. ja vermutlich der reinste Albtraum. Trotzdem konnte bei der Abstimmung nicht viel schief gehen. Mit dreizehn Mädchen waren wir in der Klasse schließlich in der Überzahl. Jungs gab es nämlich nur zwölf und – ich schaute mich schnell um – nein, heute fehlte niemand. Also stand das Ergebnis eigentlich jetzt schon fest: Selbst wenn sich alle zwölf Jungs für »Hans im Glück« meldeten, würde »Dornröschen« eine entscheidende Mädchenstimme mehr bekommen! Demokratie ist schon ein tolle Sache.

Ich warf Sissi und Emma einen verschwörerischen Blick zu. Sissi nickte lächelnd und hob den Daumen. Vermutlich hatte sie gerade genau die gleiche Rechnung aufgestellt. Ich lehnte mich zurück. Wir Prinzessinnen verstanden uns eben auch ohne Worte!

»Also«, sagte Frau Hasemann mit erhobener Stimme, »wer von euch möchte gerne, dass wir das ›Dornröschen‹ spielen? Ich bitte um deutliche Meldungen!«

Wie erwartet, schossen augenblicklich alle Mädchenarme nach oben, meiner natürlich auch. Na, bitte! Triumphierend sah ich in die Runde. Bis mein Blick an Emma hängen blieb. Hä? Wieso meldete sie sich denn nicht?

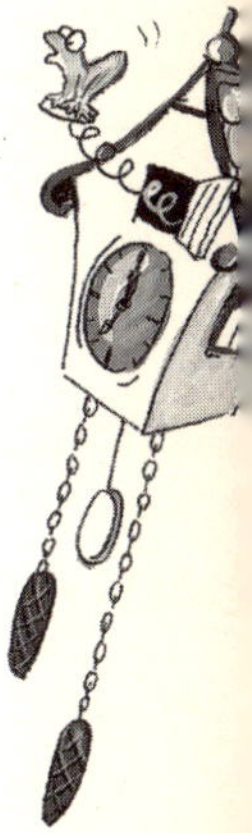

»Emma, was ist denn los?!«, zischte ich ihr zu. »Arm hoch!«

Aber Emma rührte sich nicht. Ihre Hände blieben auf der Tischplatte liegen, als seien sie dort festbetoniert. Jetzt verstand ich gar nichts mehr.

»Gut«, sagte Frau Hasemann, die bereits eifrig gezählt hatte, »das sind zwölf Stimmen! Und nun bitte alle, die für ›Hans im Glück‹ sind.«

Jetzt meldeten sich sämtliche Jungs. Das war ja klar gewesen. Was ich nicht erwartet hatte, war, dass auch ein Mädchenarm nach oben gehen würde. Ich traute meinen Augen nicht: Es war der von Emma!

Emma, Sissi und ich haben es uns mit Saft und unseren Lieblingschips auf meiner Couch gemütlich gemacht. Gerade habe ich den beiden die ersten Seiten der neuen

Prinzessinnenclub-Geschichte zu lesen gegeben. Während sie begierig mein erstes Kapitel verschlingen, versuche ich mich innerlich zu wappnen. Wahrscheinlich haben die zwei gleich wieder jede Menge zu meckern. Ich seufze. Die Geschichtsschreiberin unseres Clubs zu sein, ist nicht immer eine dankbare Aufgabe. Aber Emma kichert, nachdem sie die letzten Zeilen überflogen hat. »Himmel, ich krieg heute noch eine Gänsehaut, wenn ich daran denke!« Sie greift nach ihrem Apfelsaft-Glas. »In dem Augenblick hast du echt geguckt, als würdest du mich am liebsten erwürgen, Diana!«

»Das hätte ich ja auch gerne getan«, erkläre ich lässig, während ich mir eine weitere Handvoll Chips in den Mund schiebe. »Dich erwürgen, meine ich.«

»Was redet ihr denn da?!«, tadelt Sissi.

»Isch dosch nur Schpasch«, nuschele ich, den Mund voller Chipskrümel.

»Spaß?!« Sissi zieht die Augenbrauen hoch. »Wir sind ein Prinzessinnenclub. Vergesst das bitte nicht!«

Wie könnte ich das je vergessen?

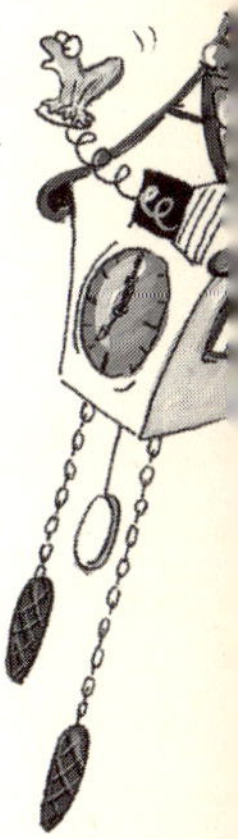

In der Pause nahmen Sissi und ich Emma natürlich gründlich in die Mangel.

Kaum saßen wir auf unserem Club-Stammplatz, einer verwitterten Bank am Rande des Schulhofs, fauchte ich Emma auch schon an: »Nur wegen dir müssen wir jetzt dieses doofe Märchen aufführen! ›Hans im Glück‹!!! Ich fasse es nicht! Was hast du dir nur dabei gedacht?« Ich schnappte nach Luft. »Wahrscheinlich darf ich die Gans spielen, die gegen ein Schwein eingetauscht wird. Und Sissi … Sissi kriegt die Rolle von dem Schwein!«

»Oh, ganz bestimmt werde ich nicht das Schwein darstellen«, erklärte Sissi hoheitsvoll. »Ich werde wenn möglich überhaupt keine Rolle übernehmen. Ich kümmere mich um die Kostüme und male das Bühnenbild oder ich mache die Beleuchtung.«

»Kannst du das denn?«, fragte Emma.

Sissi zuckte die Achseln.

»Gute Idee«, ich nickte Sissi zu, »das werde ich auch versuchen.«

»Also, ich glaube nicht, dass Frau Hasemann damit einverstanden sein wird«, wandte Emma ein. »Außerdem finde ich es total unfair, dass ihr hier zu zweit auf mich einhackt, bloß weil ich ausnahmsweise mal anderer Meinung bin als ihr.« Emma blitzte uns jetzt empört an. »Ich meine, ich hab doch wohl das Recht auf eine eigene Meinung, oder nicht?«

Sissi und ich wechselten einen Blick. »Natürlich kannst du mal anderer Meinung sein«, sagte ich zu Emma. »Es wäre nur besser gewesen, du hättest dir dafür ein … na ja, ein weniger wichtiges Thema ausgesucht!«

»Unter den Folgen deiner Entscheidung müssen wir nämlich jetzt wochenlang leiden«, ergänzte Sissi. »Anstatt eine witzige Version von ›Dornröschen‹ zu spielen mit jeder Menge toller Kostüme und Perücken und so, müssen wir jetzt als Hinterteil eines Pferdes über die Bühne hoppeln.« Angewidert schüttelte Sissi ihre Locken nach hinten. »Wenn ich nur daran denke! Das ist doch wirklich total …«

»Peinlich?« Emma wirkte inzwischen nicht mehr empört, sondern eher bedrückt. Und ich spürte den ersten zarten Anflug eines schlechten Gewissens. Hatte Emma nicht irgendwie Recht? Es war eine faire Abstimmung gewesen und ein eindeutiges Ergebnis. Dass Emma eine andere Entscheidung getroffen hatte als Sissi und ich, konnten wir ihr ja eigentlich nicht vorwerfen. Eigentlich. Aber irgendwie war ich trotzdem sauer.

»Vielleicht lasst ihr mich ja wenigstens mal erklären, warum ich für ›Hans im Glück‹ gestimmt habe«, sagte Emma.

»Meinetwegen«, Sissi seufzte, »dann erklär es uns. Ich verstehe es nämlich wirklich nicht.«

»Also, ein bisschen was über die Bedeutung von ›Hans im Glück‹ hat Frau Hasemann ja schon erzählt«, begann Emma.

Ach ja? Hatte sie? Das war mir komplett entgangen! Nachdem mein schöner Traum vom »Dornröschen« geplatzt war, hatte ich meine Ohren anscheinend komplett auf Durchzug gestellt.

Emma nickte eifrig. »Ja, Frau Hasemann hat doch erklärt, dass es in dem Märchen um die Frage geht, was Glück eigentlich ist. Auf den ersten Blick ist Hans ja ein totaler Dummkopf. Er hat sieben Jahre geschuftet, und dann verspielt er seinen hart erarbeiteten Lohn an einem einzigen Tag, weil er sich auf ein schlechtes Tauschgeschäft nach dem anderen einlässt. Bis er am Ende gar nichts mehr hat.«

Sissi nickte. »Genau, der Typ ist total dösig und lässt sich ständig übers Ohr hauen.«

»Und er merkt es nicht mal«, ergänzte ich. »Der bedankt sich sogar jedes Mal bei diesen Gaunern. Das ist das Schlimmste!«

»Ja, aber er ist glücklich dabei«, erklärte Emma. »Egal, was geschieht! Bei jedem Tauschgeschäft sieht Hans nur das Positive. Er erkennt, dass jeder Besitz ihm irgendwelche Probleme bereitet und ihn belastet. Als er dann gar nichts mehr hat, ist er frei und rundum glücklich.«

»Aber das ist doch dumm«, wandte ich ein. »Was glaubst du, Emma, was Hans' Mutter gesagt hat, als ihr Sohn nach sieben Jahren nach Hause gekommen ist und ihr von seinen ›tollen‹ Tauschgeschäften erzählt hat? Die hat ihn doch für verrückt erklärt und gleich wieder hochkant rausgeschmissen –«

»– und jetzt ist der arme Kerl auf Hartz IV«, warf Sissi grinsend ein.

»Hartz IV?« Emmas Gesicht war ein einziges Fragezeichen. »Was ist das denn?«

»Eine Art Sozialhilfe«, erklärte Sissi, »Geld vom Staat für Leute, die selber nicht genug verdienen. Aber so was gab es zu Zeiten der Brüder Grimm natürlich noch nicht.«

Emma und ich blickten Sissi beeindruckt an. Dadurch, dass sich in ihrer Familie das Gespräch ständig ums Geschäft dreht, bekommt Sissi eine ganze Menge vom Arbeitsleben mit. Begriffe wie »Umsatz« oder »Gewinnermittlung« und so Zeug sind für sie keine Fremdwörter. Im Gegensatz zu Emma oder mir. Ich selber war ja schon froh, als ich endlich halbwegs begriffen hatte, was eigentlich Steuern sind. Und Emma hat noch weniger Ahnung als ich. Ihre Eltern schotten sie von allem ab, was ihrer Meinung nach irgendwie schwierig sein könnte. Bloß weil Emma vor über einem Jahr schwer krank war. Sie hatte eine Hirnhautentzündung. Damals haben sich ihre Eltern richtig doll Sorgen um sie gemacht, was man ja auch gut verstehen kann. Aber jetzt ist die Krankheit längst überstanden, Emma fit wie ein Turnschuh – und ihre Eltern packen sie noch immer in Watte. Zumindest versuchen sie es. Aber seitdem es den Prinzessinnenclub gibt, setzt sich Emma immer stärker gegen diese übertriebene Betüddelei zur Wehr.

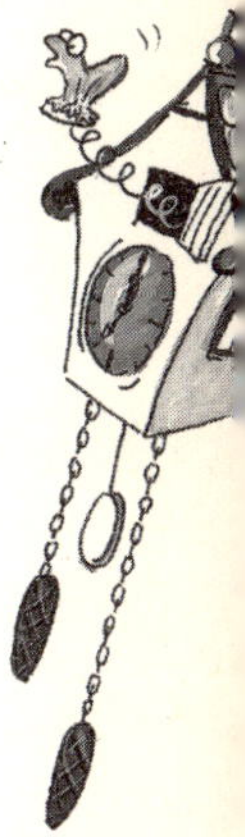

Emma bemühte sich noch immer, Sissi und mich für den tieferen Sinn von »Hans im Glück« zu begeistern. »Mir gefällt vor allem, dass Hans so gut erkennt, was ihn wirklich glücklich macht«, sagte sie. »Jeder andere würde sich doch überlegen, was er sich alles von diesem Klumpen Gold kaufen könnte: eine Villa, Land, einen riesigen Hof… nur um dann irgendwann – vielleicht – glücklich zu sein: reich und von allen beneidet. Aber die Meinung anderer interessiert Hans nicht. Er will keinen Eindruck schinden, er will einfach JETZT im Moment glücklich sein. Nur darauf kommt es ihm an und das finde ich …«, Emma zögerte, »… ja, das finde ich weise. Auch wenn das vielleicht ein bisschen komisch klingt.«

Sissi und ich schwiegen einen Moment.

»Nö, klingt es nicht«, sagte ich dann zu Emma. »Ich glaube, ich verstehe langsam, worauf du hinauswillst. Du meinst, man könnte in dem Theaterstück zeigen, dass nicht die Jagd nach Geld und Gut glücklich macht, wie das immer alle Welt glaubt. Sondern, dass jeder in sich selbst hineinhorchen muss, um zu spüren, was ihn wirklich glücklich macht. Und das kann für jeden Menschen etwas anderes sein.«

»Genau!« Emma strahlte. »Genau das habe ich gemeint. Könnt ihr jetzt ein bisschen verstehen, warum ich für ›Hans im Glück‹ gestimmt habe? Du auch, Sissi?«

Sissi seufzte tief, aber dann nickte sie.

»Schon okay. Aber das Schwein spiele ich trotzdem nicht.«

»Puh, war ich erleichtert, als ich gemerkt hab, dass ihr nicht mehr sauer auf mich seid!«, sagt Emma. »So ein Streit ist doch immer schwer auszuhalten. Vor allem, weil wir zu dritt sind.«

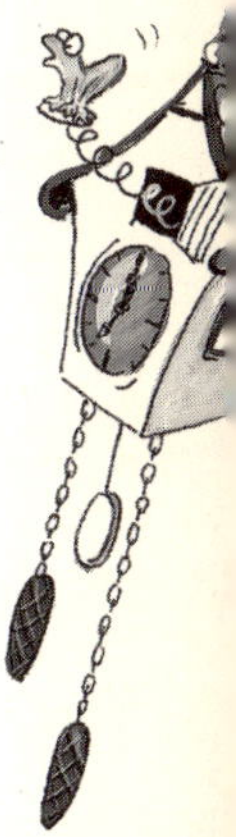

»Wieso? Was hat das denn damit zu tun?«, fragt Sissi.

Emma runzelt die Stirn. »Na, das ist doch klar: Wenn zwei sich streiten, fühlen sich beide einsam und versuchen die Sache schnell wieder in Ordnung zu bringen. Aber bei einem Trio wie uns, da hat man im Zweifelsfall gleich zwei gegen sich und fürchtet, dass –«

»Dass sich die beiden anderen jetzt für immer verbünden und man selbst allein auf der Strecke bleibt«, beende ich Emmas Satz. »Das kann ich gut verstehen.«

»Ich auch«, nickt Sissi. »Aber das tun wir nicht. Nie!«

»Versprochen?«, fragt Emma. Ihre Wimpern flattern leicht.

»Versprochen.«

Als ich am Abend meinen Eltern von unserer bevorstehenden Aufführung erzählte, erlebte ich eine Überraschung: Papa entpuppte sich nämlich ebenfalls als heimlicher Fan von »Hans im Glück«. »Als Student hab ich mich bei einer Faschingsparty sogar mal als ›Hans‹ verkleidet«, berichtete er. »Ich hatte eine alberne Mütze auf, trug kurze Hosen, Kniestrümpfe und eine Gans aus Pappmaschee unterm Arm.« Er überlegte. »Davon müsste es sogar noch irgendwo ein Foto geben …«

»Das gibt es tatsächlich!«, lachte Mama und verdrehte die Augen. »Und du kannst von Glück sagen, dass ich dich trotzdem geheiratet habe!«

Papa grinste verschmitzt. »Ich bin eben ein echter Hans im Glück!«

»Das bist du wirklich«, sagte ich und biss in mein Käsebrot. »Schließlich hast du Mama zur Frau und eine superliebe Tochter wie mich! Da muss man doch glücklich sein!«

Papa schickte mir ein Luftküsschen. »Bin ich ja auch! Also, meistens jedenfalls …«

»Ich habe letztens einen ganz interessanten Artikel gelesen«, unterbrach Mama unser Geplänkel, »also darüber, was Menschen tatsächlich glücklich macht.«

»Und? Was ist das?«, fragte ich. Das Thema war wirklich spannend.

Mama lächelte. »Eigentlich genau das, was ihr eben schon genannt habt: Familie, Liebe, gute Freunde …«

»Und Geld?«

Mama zuckte die Achseln. »Ein geregeltes Einkommen ist schon wichtig, damit man einigermaßen sorglos leben kann, eine Art Grundsicherung eben. Aber Reichtum allein macht nicht automatisch glücklich.«

»Das erklärt sich von selbst«, meinte Papa, »sonst wären ja alle Millionäre dieser Welt ununterbrochen glücklich, und das sind sie ganz bestimmt nicht.«

»Jedenfalls wirken sie nicht so«, nickte Mama. »Wenn ich allein an all diese reichen Film- oder Popstars denke, die sich mit Alkohol und Drogen zudröhnen …«

»Vielleicht tun sie das ja, weil sie Angst haben,

alles wieder zu verlieren«, sagte ich. »Ich meine, wenn man erst mal eine Riesenvilla hat und ein Dutzend Sportwagen und einen Hit nach dem anderen landet, dann hat man auch viel zu verlieren, oder nicht?«

Papa und Mama sahen mich einen Augenblick verblüfft an.

»Manchmal bist du ganz schön schlau, Prinzessin«, sagtc Papa dann.

»Ich bin ja auch eure Tochter«, gab ich so cool wie möglich zurück. Manchmal unterschätzen mich Mama und Papa einfach. Dann behandeln sie mich wieder wie ein Kleinkind, dem sie die ganze Welt erklären müssen, so wie früher. Dabei kapiere ich einige Zusammenhänge inzwischen schon ganz gut.

»Ach, eins fand ich noch interessant«, sagte Mama, »wisst ihr, was angeblich garantiert unglücklich macht?«

Papa und ich schüttelten die Köpfe und sahen Mama erwartungsvoll an.

»Sich zu vergleichen!«, verkündete sie. »In dem Artikel stand, wer sich dauernd mit anderen vergleicht, wird unter Garantie unglücklich. Weil es natürlich immer jemanden gibt, der schöner oder erfolgreicher ist als man selber, der ein größeres

Haus hat, ein schickeres Auto fährt oder einen spannenderen Job ausübt und so weiter.«

»Klingt logisch«, meinte Papa und begann die Teller zusammenzustellen, »also werde ich mal versuchen, mich in Zukunft nicht mehr darüber zu ärgern, dass mein Kollege ein größeres Büro hat als ich.«

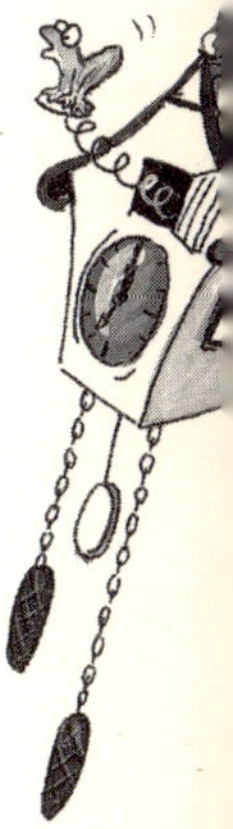

»Und ich«, sagte Mama, »vergleiche meine wabbeligen Oberarme künftig nicht mehr mit den Muskelpaketen von Madonna!«

»Also bitte, wer will schon aussehen wie Madonna?«, fragte ich.

»Och …«, machte Mama.

Papa stand auf und gab Mama einen Kuss auf die Nasenspitze. »Statt uns mit anderen zu vergleichen, konzentrieren wir uns also künftig auf das, was wirklich glücklich macht: die Liebe …«

»Dagegen ist nichts einzuwenden«, sagte Mama lachend.

Und plötzlich wusste ich, was mich die ganze Zeit an »Hans im Glück« gestört hatte! Was in diesem Märchen eindeutig fehlte!

Die Liebe!

Hans musste sich verlieben! Natürlich nicht in irgendeine hochnäsige Prinzessin mit Schloss, goldenem Nachttopf und hundertfünfzig Dienern, sondern in ein Mädchen, das ähnlich gestrickt war wie Hans selbst! Dann wäre das Ende doch perfekt! Und es gab wenigstens eine gute Mädchenrolle in unserer Aufführung! War das nicht eine ziemlich geniale Idee?

Gleich am nächsten Morgen trug ich meinen Einfall Emma und Sissi vor.

»Also, ich weiß nicht«, sagte Emma skeptisch. »Dürfen wir die Geschichte denn so weit verändern? Ich meine, in der Überlieferung der Brüder Grimm gibt es weit und breit kein Mädchen.«

»Deshalb müssen wir ja eins einbauen«, beharrte ich. »Frau Hasemann hat uns doch ausdrücklich dazu aufgefordert, uns Gedanken darüber zu machen, wie die Geschichte ausgebaut werden könnte.«

Ich wandte mich an Sissi. »Was meinst du denn dazu?«

Sissi war mal wieder damit beschäftigt, ihr Outfit zu überprüfen. Da sie selbst beim Fahrradfahren niemals Jeans und Sneakers trägt wie Emma, ich und der Rest der Menschheit, sondern ihre schönen, aber total unpraktischen langen Röcke, Samtwesten und bestickten Jäckchen, nimmt das Kleiderordnen immer eine gewisse Zeit in Anspruch.

Trotzdem wirken Sissis Outfits nie eitel oder albern, sondern ganz selbstverständlich, fast lässig. Bis heute ist mir völlig schleierhaft, wie Sissi das anstellt. Liefe ich so herum, würde sich mit Sicherheit die halbe Schule darüber schlapplachen. Aber für Sissi gelten eben andere Regeln.

Endlich hatte Sissi genug an sich herumgezupft. »Also, ich finde Dianas Vorschlag gar nicht schlecht. Wir müssen eben mehrere Ideen sammeln und dann das Beste raussuchen. Du kannst ja mal deine Mutter fragen, Emma! Vielleicht hat sie ja auch eine Idee. Sie kennt sich mit Märchen doch super aus.«

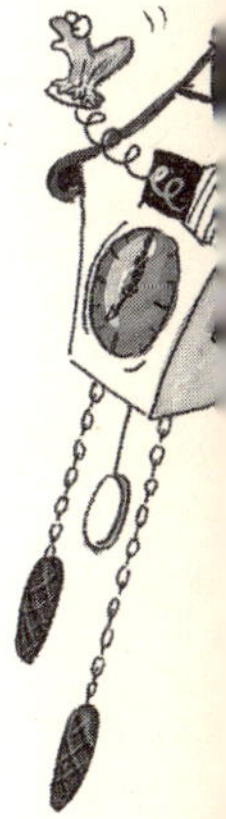

Ich nickte. Guter Vorschlag! Bei unserem Referat über »Die Prinzessin auf der Erbse« hatte Emmas Mutter uns tatsächlich ein paar prima Tipps gegeben.

Aber Emma winkte ab. »Ach, ich glaube, Mama hat da im Moment keinen Kopf für. Sie würde mir ohnehin nicht zuhören.«

»Wie bitte?!«

Sissi und ich sahen Emma überrascht an. Bislang hatten Emmas Eltern immer auf jeden einzelnen Wimpernschlag ihrer Tochter reagiert. Wirklich, Emma musste nur ein einziges Mal »Piep« sagen, dann bekam sie von ihren Eltern schon jede erdenkliche Unterstützung angeboten. Ob sie wollte oder nicht.

»Wieso, was ist denn los?«, erkundigte sich Sissi.

Emma zuckte die Achseln. »Ach, ich weiß es selber nicht genau. Mama ist in letzter Zeit irgendwie komisch. Sonst fragt sie mich ja ständig, wie's in der Schule war und wie es mir geht und so, ihr wisst schon.«

Wir nickten. Genau so kannten wir Emmas Mutter.

»Aber jetzt wirkt Mama immer so…«, Emma suchte nach den richtigen Worten, »so… abwesend. Als wäre sie mit ihren Gedanken gar nicht bei mir, sondern ganz woanders, versteht ihr?«

Es fiel schwer, mir das vorzustellen.

»Hast du deine Mutter denn mal darauf angesprochen?«, fragte ich.

»Ja, natürlich!« Emma nickte. »Aber sie hat behauptet, es wäre nichts. Sie fühle sich nur ein bisschen erschöpft und so.« Emma sah uns an. »Aber da ist mehr, das spüre ich einfach.«

Wir schwiegen einen Moment.

»Vielleicht hat sie ja Krach mit deinem Vater«, mutmaßte ich schließlich. »Das versuchen Eltern ja immer zu tarnen. Obwohl das völliger Quatsch ist. Wir merken ja sowieso, wenn dicke Luft ist.«

Emma schüttelte energisch den Kopf. »Nein, das ist es bestimmt nicht! Im Gegenteil, meine Eltern hängen im Moment ziemlich viel zusammen. Ein paar Mal haben sie mich sogar aus dem Zimmer geschickt, weil sie alleine reden wollten.« Emma sah uns Hilfe suchend an. »So war das noch nie bei uns! Ich fühle mich so ausgeschlossen, versteht ihr? Irgendwas geht da vor und keiner sagt mir, was!«

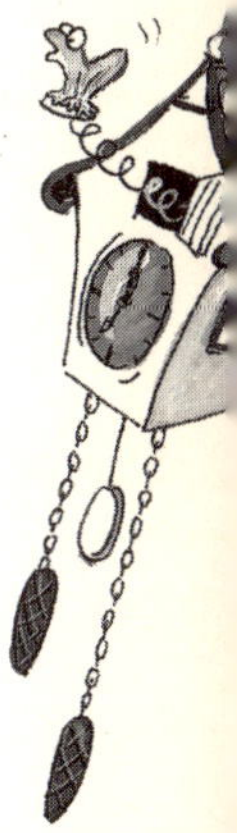

Sissi und ich wechselten einen schnellen Blick, dann sprach Sissi aus, was wir beide dachten: »Mensch, Emma, wenn das schon länger so geht: Warum hast du uns denn bloß nichts davon erzählt?«

In Emmas Gesicht stieg die vertraute Röte und sie verknotete ihre Hände. »Ach, weil ich mir irgendwie blöd vorkam! Sonst jammere ich euch immer die Ohren voll, weil meine Eltern den ganzen Tag um mich herumtanzen, und wenn sie dann endlich damit aufhören, passt es mir auch nicht!«

Langsam verstand ich. »Aber doch nur, weil du spürst, dass etwas nicht in Ordnung ist! Da ist es doch klar, wenn du dir Gedanken machst«, sagte ich.

»Findet ihr wirklich?« Emmas Stimme klang

jetzt ganz klein und ihre Augen glänzten verdächtig. Ich legte ihr meinen Arm um die Schulter und drückte sie einen Moment an mich. »Na klar! Das würde uns doch ganz genauso gehen, oder, Sissi?«

Sissi nickte. »Außerdem muss dir vor uns nichts peinlich sein, Emma! Wirklich gar nichts! – Hast du etwa die Prinzessinnenregel Nr. 6 vergessen?«

Emma lächelte schief und ratterte los: »Eine Prinzessin steht für die andere ein. In guten, vor allem aber in schlechten Zeiten gilt: ›Eine für alle – alle für eine!‹«

»Ganz genau«, sagte ich ernst. »Vergiss das bitte nie!«

Emma legt meine Aufzeichnungen zur Seite und seufzt. »Nachdem ich damals mit euch gesprochen hatte, ging es mir schon besser!«

»Das hättest du früher haben können«, sagt Sissi und schiebt Emma den Teller mit den Lilienthalschen Nougatkringeln zu.

»Das musst du gerade sagen!«, gibt Emma zurück, während sie sich schnell einen Kringel schnappt und ein Stück abbricht. »Wer ist denn sonst immer die größte Geheimniskrämerin von uns dreien?«

Sissi grinst und wirft ihre Locken nach hinten. »Zugegeben, das ist eigentlich mein Part! Aber um mich geht es ja hier nicht. Bei dieser Prinzessinnenclub-Geschichte geht es um dich, Emma! Das hast du dir doch auch immer gewünscht, oder?«

»Schon gut, schon gut«, Emma winkt ab. »Aber ich hatte mir meine Geschichte irgendwie... weniger dramatisch vorgestellt.«

Ich seufze. Es ist wirklich nicht leicht, es allen recht zu machen...

In den nächsten Tagen drehte sich in der Schule alles um »Hans im Glück«, denn natürlich hatten sich nicht nur Emma, Sissi und ich Gedanken über die Umgestaltung des Märchens gemacht. Nein, von allen Seiten hagelte es Vorschläge!

Die meisten waren allerdings eher unbrauchbar. So wollten Büsra, Ronja und Tiffany unbedingt ihre frisch erworbenen Hip-Hop-Tanzkünste in die Aufführung einbinden, während Raphael und Ben für eine Art Samurai-Kampf mit Holz-Schwertern plädierten, damit »ein bisschen Drive in die Sache kommt«. Kevin schlug vor, das Märchen gleich komplett umzuschreiben: »Der Hans, der könnte doch sieben Jahre in einer coolen Autowerkstatt gearbeitet haben und zum Schluss kriegt er von seinem Meister einen Porsche geschenkt. Den tauscht er dann gegen einen BMW, den BMW gegen einen Audi, den Audi gegen einen Smart und so weiter.«

»Und wie stellst du dir das Ende vor, Kevin?«, fragte Frau Hasemann, als würde sie Kevins genialen Vorschlag ernsthaft in Erwägung ziehen. »Bekommt Hans am Ende ein Dreirad und das fällt dann in den Brunnen?«

»Quatsch!«, meinte Kevin. »Zum Schluss gewinnt er im Lotto, kauft sich einen Ferrari und wird Rennfahrer!«

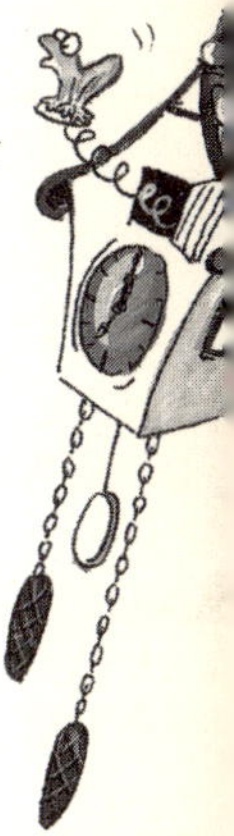

»Boah, cool!«, staunte Raphael. »Dann spiel ich aber den Hans!«

»Nee, den spiel ich. War ja schließlich meine Idee!«, sagte Kevin.

»Du kannst meinen Assistenten spielen!«

»Wie? Der Hans hatte einen Assistenten?«, fragte Raphael verdutzt.

Frau Hasemann seufzte. »Stopp! Ich glaube, jetzt haben wir erst mal genug Ideen gesammelt.« Sie wühlte in ihrer Tasche, um kurz darauf eine dicke Mappe hervorzuziehen. »Natürlich wurde ›Hans im Glück‹ auch schon an anderen Schulen aufgeführt. Ich habe mir inzwischen ein paar Textheft besorgt und sie in Ruhe angeschaut. Dieses hier gefällt mir am besten.« Frau Hasemann hob das Heft in die Höhe. »Ihr werdet sehen, dass die etwas altertümliche Sprache der Brüder Grimm in dieser Fassung der heutigen Zeit angepasst wurde.

Wenn wir das Stück mit verteilten Rollen lesen, werdet ihr sehen, dass –«

Emmas Arm schoss nach oben.

»Heißt das etwa, wir können jetzt doch keine eigenen Ideen mehr einbauen?«, fragte sie enttäuscht.

»Doch, natürlich«, versicherte Frau Hasemann. »Das sollt ihr sogar! Aber auf der Grundlage eines fertigen Skripts ist das viel leichter. Wir haben einfach nicht mehr genug Zeit, um das Stück komplett neu zu schreiben. Schließlich ist das Sommerfest mit unserer Aufführung schon in …«, Frau Hasemann warf einen Blick auf den großen Kalender neben der Tafel, »in dreieinhalb Monaten! Und die sind schneller herum, als ihr euch jetzt vorstellen könnt! Dazwischen sind ja auch noch Pfingstferien.«

»Und um das Bühnenbild und die ganzen Kostüme müssen wir uns ja auch kümmern«, warf Büsra ein.

Frau Hasemann schüttelte den Kopf. »Nein, zum Glück nicht! Das übernimmt unsere Parallelklasse. Dort gibt es eine Mutter, die Kostümbildnerin am Stadttheater ist. Sie hat versprochen, die Klasse ihrer Tochter tatkräftig zu unterstützen. Und Nora Eggert, die Klassenlehrerin, ist Kunstpädagogin, wie ihr wisst. Sie wird mit einer Gruppe das Bühnenbild gestalten. Das heißt, wir werden zwar eng mit der anderen Klasse zusammenarbeiten, müssen uns aber nicht selbst um die Ausstattung und die Kulissen für ›Hans im Glück‹ kümmern. Wir können uns voll auf das Spielen konzentrieren.«

Sissi und ich wechselten einen enttäuschten Blick. Aus der Traum von der Arbeit hinter den Kulissen! Stattdessen mussten wir im schlimmsten Fall tatsächlich als Kuh oder Gans auf der Bühne stehen … na, super!

Emma meldete sich. »Und wie geht es jetzt bei uns weiter?«, fragte sie eifrig.

Frau Hasemann deutete erneut auf das Skript. »Zu allererst müssen wir das Textbuch hier fertigstellen. Das heißt, unsere Änderungen in die bestehende Handlung einbauen. Mit allen zusammen geht das natürlich nicht. Ich habe mir daher überlegt, dass wir dafür eine Arbeitsgruppe bilden. Wer von euch hat Lust, den ›Hans im Glück‹ mit anderen zusammen umzuschreiben?« Frau Hasemann blickte erwartungsvoll in die Runde. – »Ach, noch etwas: Die Ideen, die in die Überarbeitung einfließen sollen, legen wir natürlich vorher fest. Damit es beim Schreiben keinen Streit gibt! – Also, Freiwillige vor!«

Emmas Arm schoss als erster nach oben. Aber das war bei ihrer Begeisterung für »Hans im Glück« ja nicht anders zu erwarten gewesen!

Wer sich wohl noch melden würde? Ich schaute mich um. Oje, ausgerechnet Tiffany wollte ebenfalls mitmachen! Arme Emma! Ich sah rasch zu ihr hinüber. Emma fing meinen Blick auf und gab ihn flehend zurück. Macht doch auch mit!!!, hieß dieser Blick. Lasst mich nicht im Stich! Bitte! – Ich seufzte. Verdammt, warum hatte Emma sich auch so schnell melden müssen? Hätte sie nicht erst mal abwarten können? – Aber dann fiel mir unser gestriges Gespräch ein. Wie traurig Emma ausgesehen hatte, als sie uns von dem seltsamen Verhalten ihrer Mutter erzählte, von der merkwürdigen Stimmung bei ihr zu Hause! Emma hatte richtig unglücklich gewirkt. – Nein, Sissi und ich durften sie jetzt nicht im Stich lassen! Und dann noch in den Klauen von Tiffany! Das ging gar nicht! Auch wegen des Theaterstücks! Wenn sich unsere blonde Klassen-Sirene mit ihren Ideen durchsetzte, würde Hans nicht im Glück enden, sondern in einer Parfümerie, um dort gebrauchte Barbies gegen künstliche Fingernägel einzutauschen! Bestenfalls … Nein, das kam gar nicht in die Tüte!

Sissi schien ähnlich zu denken. Ein kurzer Blickwechsel zwischen uns genügte, dann hoben wir fast gleichzeitig die Hand. Man konnte förmlich sehen, wie Emma aufatmete. Dankbar lächelte sie Sissi und mir zu. Der nächste, der sich meldete, war Kevin – und dann, ganz zum Schluss … Jo! Ich unterdrückte ein Grinsen. Dass Kevin eine Schwäche für Emma hatte und deswegen mitmachen wollte, war ja klar. Aber offenbar nutzte auch Jo inzwischen jede Gelegenheit, mit Sissi zusammen zu sein!

Kevin und Emma waren sogar schon mal nachmittags verabredet gewesen. Das hatte Emma Sissi und mir aber erst gestanden, nachdem wir sie mit drei Nougatkringeln und zwei Himbeertörtchen quasi komplett willenlos gemacht hatten. Leider hatte Emma Sissi und mir danach streng verboten, sie jemals wieder mit Kevin aufzuziehen. Manchmal fiel es mir sehr schwer, mich daran zu halten …

Frau Hasemann klatschte beglückt in die Hände: »Na, das ging ja schnell! Dann haben wir jetzt sechs Autoren beisammen, das genügt! Also, ich bin sehr gespannt, was ihr aus dem ›Hans im Glück‹ machen werdet!«

Nach der Pause wurde festgelegt, welche Vorschläge ins Textbuch eingearbeitet werden sollten. Da sich die Jungs bereits bei der Auswahl des Märchens durchgesetzt hatten, berücksichtigte Frau Hasemann jetzt vor allem die Wünsche von uns Mädchen. Und das war ja auch nur gerecht! So wurde mein Vorschlag, in »Hans im Glück« eine Liebesgeschichte einzubauen, ohne große Gegenwehr angenommen. Und Tiffany, Ronja und Büsra bekamen tatsächlich den Zuschlag für ihre Hip-Hop-Nummer.

Da selbst Frau Hasemann beim besten Willen nicht einfiel, wie man die Tanzerei halbwegs logisch in die Märchenhandlung einbauen konnte, einigten wir uns schließlich darauf, dass die Nummer den Abschluss unserer Aufführung bilden sollte. Ich atmete auf. Okay, wenn der Hip-Hop-Teil ganz furchtbar werden sollte, hatten die Zuschauer wenigstens den Trost, dass das Stück damit überstanden war …

»Wie negativ du manchmal schreibst, Diana!« Kopfschüttelnd blättert Emma die letzte Seite um.

»Wieso negativ? Ich bin nur ehrlich«, verteidige ich mich. »Zu dem Zeitpunkt konnte ich mir beim besten Willen nicht vorstellen, dass unsere Aufführung ein Erfolg werden würde. Ihr etwa?«

Sissi zuckt die Achseln. »Diana hat schon recht. Am Anfang war tatsächlich alles ziemlich chaotisch! Und dann noch diese zufällig zusammengewürfelte Arbeitsgruppe ...«

Ich grinse Sissi an. »Na, sooo zufällig war das ja nun auch nicht! Also, wenn ich zum Beispiel an Jo denke ... der hat sich doch eindeutig erst gemeldet, als du –«

Sissi schnappt sich mein dickstes Plüschkissen und schleudert es in meine Richtung. »Hüte deine Zunge, Diana!«

Schon gut, schon gut.

B*ei Emma fand das erste Treffen* der »Hans-im-Glück«-Arbeitsgruppe statt. Sie wohnt mit ihren Eltern mitten in der Stadt und besitzt nicht nur einen eigenen Computer, sondern auch das größte Zimmer von uns allen. In Sissis winzigem Prinzessinnen-Kämmerchen hätten wir sechs uns bis zur Decke stapeln müssen. Bei Jo und mir zu Hause ist auch nicht viel mehr Platz. Und Kevin und Tiffany wohnen beide zu weit außerhalb.

Ehrlich gesagt war es mein Vorschlag gewesen, uns bei Emma zu treffen. Nach allem, was Emma über das Verhalten ihrer Mutter erzählt hatte, war ich neugierig geworden. Vielleicht bildete Emma sich das Ganze ja auch nur ein? Aber viel wahrscheinlicher war, dass ich die Situation gar nicht beurteilen konnte.

Eins jedoch war tatsächlich anders als sonst: Emmas Mutter kam nicht wie üblich herein, um Sissi, Jo, Kevin, Tiffany und mich zu begrüßen.

Und sie bot uns auch nicht einen ihrer supergesunden, selbst gepressten Fruchtsäfte an, mit denen sie Emma normalerweise quasi stündlich versorgte. Aber vielleicht war sie ja auch gar nicht zu Hause? Ich horchte auf: Aus dem Nebenzimmer klang leise Klaviermusik. Also war sie doch da! Seltsam …

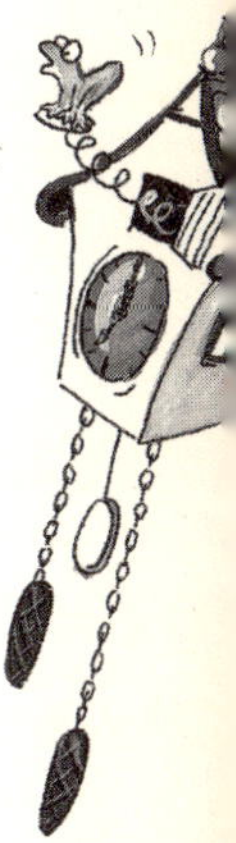

Aber ich kam nicht mehr dazu, weiter über Emmas Mutter nachzugrübeln. Emma hatte ihren Computer angeschaltet und sah uns fünf Mit-Autoren erwartungsvoll an. »Also, von mir aus kann's losgehen!«

Halt, bevor Tiffany jetzt anfing, sich lang und breit über ihre Hip-Hop-Idee auszulassen, sollte besser ich schnell das Wort ergreifen! Ich holte tief Luft. »Wie ihr wisst, habe ich ja die Idee ausgebrütet, dass Hans sich verliebt –«

»Ja, leider!«, unterbrach Kevin mich düster.

Emma warf ihm einen strafenden Blick zu. »Also, das wollen wir jetzt echt nicht mehr diskutieren, Kevin! Dass wir eine Love-Story einbauen, steht nun mal fest, klar?«

»Schon okay.« Kevin nickte ergeben.

Na, das fing ja gut an!

»Keine Sorge«, sagte ich in Richtung Kevin, »das mit der Liebe muss gar keine große Sache werden!

Ich habe mir vorgestellt, dass Hans gegen Ende des Stücks ein Mädchen über den Weg läuft, in das er sich verliebt und fertig.«

»Wie? Mehr nicht?«, fragte Tiffany enttäuscht. »Könnte das Mädchen nicht eine Prinzessin sein, die vorher auf einem Ball ihren juwelenbesetzten Schuh verloren hat? Stellt euch das doch mal vor: Die wunderschöne Prinzessin irrt hilflos durch den Wald, um ihn zu suchen, also den Schuh, und trifft auf einen verzauberten Hirsch, also eigentlich Hans, der dann –«

»Quatsch! Das kapiert doch keiner!«, unterbrach Kevin Tiffanys Ausführungen.

Tiffany schwieg beleidigt.

»Und wo soll das Mädchen, in das sich Hans verliebt, so plötzlich herkommen?«, nahm Jo meinen Vorschlag wieder auf. »Sie kann ja wohl schlecht vom Himmel fallen.«

»Aber warum eigentlich nicht?«, überlegte Tiffany laut. »Das wäre doch total süß und originell!«

Emma und ich seufzten und Kevin verdrehte wortlos die Augen.

»Ah, ich hab's!«, rief Sissi. »Das Mädchen könnte doch nebenan auf dem Feld arbeiten oder Blumen pflücken oder so, bis sie zufällig mitbekommt, wie Hans’ Scherenschleifer-Stein in den Brunnen fällt.«

»Und dann läuft sie rüber, um Hans ihre Hilfe anzubieten«, ergänzte Jo schnell. »Hans sieht das Mädchen und … äh …«

»Und er verliebt sich auf den ersten Blick in sie«, beendete Sissi errötend Jos Satz.

»Genau!« Auch Jos Gesicht hatte eine leicht rötliche Färbung angenommen.

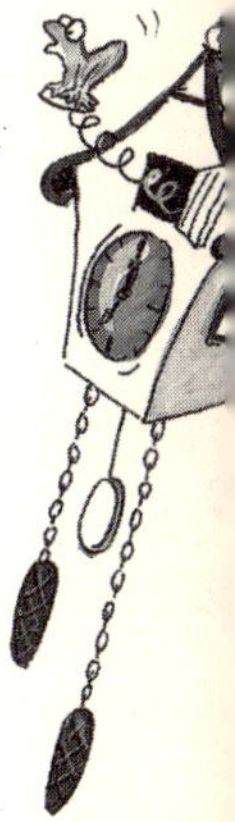

Emma und ich warfen uns einen vielsagenden Blick zu. Sollte Sissi noch ein einziges Mal behaupten, dass ihr Jo gleichgültig sei … dann würde sie von uns etwas zu hören bekommen!

»Na, toll«, sagte Tiffany wenig begeistert. »Und wie soll dieses Super-Girl, nennen wir sie mal ›Marie‹, also, wie will sie Hans helfen, den Stein da wieder rauszufischen? Soll der Typ sie an ihren Haaren in den Brunnen herunterlassen wie Rapunzel oder was?«

»Dazu kommt es doch gar nicht mehr«, mischte sich Emma ein. »Hans erklärt Marie einfach, dass er heilfroh ist, den schweren Stein los zu sein, und anstatt den Typ für verrückt zu halten, versteht sie ihn sofort.«

»Ja, weil sie ganz genauso denken würde wie Hans.« Ich überlegte. »Aber das könnte auch noch irgendwie anders deutlich werden, oder? Ich meine, dass die beiden – wie heißt das so schön? – füreinander bestimmt sind.«

Die anderen nickten.

»Vielleicht hat Marie ja eine ähnliche Tauschgeschichte hinter sich?«, schlug Jo vor, um dann gleich selber abzuwinken. »Nee, das ist doof!«

Kevin hatte nachdenklich die Spitzen seines blonden Nashorns bearbeitet, jetzt schlug er sich plötzlich mit der Hand an die Stirn und rief: »Ich hab's! Passt auf: Das Mädchen, also diese Marie, soll am nächsten Tag so einen reichen Typen heiraten. Der hat eine Riesen-Villa und jede Menge Ländereien und Schotter und so –«

»Aber sie liebt ihn nicht«, ergänzte Emma begeistert. »Und auf dieses hochherrschaftliche steife Luxus-Leben hat sie auch keine Lust, was natürlich keiner verstehen kann …«

»Keiner außer Hans!«, schloss ich triumphierend. »Der denkt ja genauso wie sie. Die beiden merken, dass sie füreinander bestimmt sind, und ziehen glücklich in die Welt hinaus.«

»Wie? ›In die Welt hinaus‹?«, fragte Emma. »Ich dachte, Hans kehrt am Ende des Märchens heim zu seiner Mutter? Die arme Frau hat schließlich sieben Jahre auf ihren Sohn gewartet!«

»Aber ob Mutti das so toll findet, wenn ihr Hänschen da gleich zusammen mit einem Mädchen anrückt?«, gab Kevin zu bedenken.

»Na klar!«, jubelte Tiffany, deren Anwesenheit ich zwischenzeitlich fast vergessen hatte. »Weil das Leben ohne Hans so langweilig war, hat seine Mutter in der Zwischenzeit eine voll-coole Hip-Hop-Tanzgruppe gegründet. Und weil die noch Verstärkung braucht, kommt Hans' Mama die frisch gebackene Schwiegertochter gerade recht!« Tiffany blickte begeistert in die Runde. »Ist das nicht genial? Hans wird so eine Art Manager der Truppe. Und am Schluss gehen alle zusammen auf Tournee rund um die Welt!«

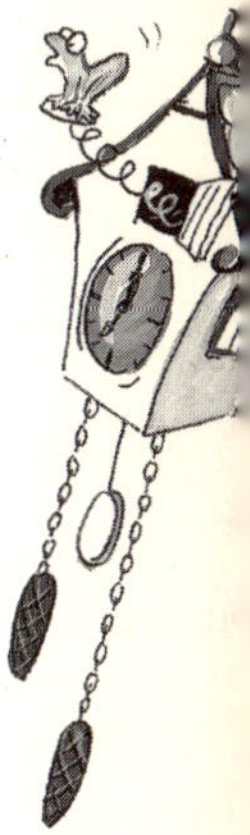

Wir sahen uns verblüfft an. Aber schließlich nickten wir zustimmend. Zumindest war das eine Lösung… auch wenn ich mir lieber nicht vorstellen wollte, was die Brüder Grimm zu unserer Hans-im-Glück-Fassung sagen würden. Vermutlich würden sich die beiden Herren im Grabe herumdrehen… na, egal. Jedenfalls würde unser »Hans im Glück« bestimmt nicht langweilig werden!

Nachdem wir die Handlung so in groben Zügen festgelegt hatten, begann nun die eigentliche Arbeit: das Schreiben. Schließlich mussten eine

Menge neuer Dialoge verfasst und in das Skript eingefügt werden. Und dann all die Regie-Anweisungen …!

Puh, wir kamen ganz schön ins Schwitzen! Emma hackte das, was wir anderen ihr mehr oder weniger holprig diktierten, mit Zwei-Finger-Suchsystem in ihre Computer-Tastatur. Anschließend las sie uns die einzelnen Abschnitte noch mal vor, löschte und verbesserte, las wieder vor, löschte, verbesserte, las vor …

Aber als Sissi und ich uns zwei Stunden später von den anderen verabschiedeten, hatten wir schon mehr geschafft als erwartet. Ich war richtig stolz. Eigentlich hatte das Schreiben und Ideen-Spinnen sogar richtig Spaß gemacht. Ich wäre gern noch ein bisschen länger geblieben. Aber Sissi war mal wieder in Hektik, weil sie ihre jüngeren Geschwister von der KiTa abholen musste. Und mir war eingefallen, dass ich Frau Blümlein versprochen hatte, vorbeizukommen, um nach ihren Balkonblumen zu sehen. Die Pflege von Frau Blümleins Blumenkästen war nämlich eine der guten Taten, die der Prinzessinnenclub regelmäßig wahrnahm.

Während Sissi und ich im Flur in unsere Jacken schlüpften, ging die Wohnzimmertür auf und

Emmas Mutter erschien auf der Bildfläche. Auf den ersten Blick schien sie so freundlich wie immer, aber Emma hatte schon recht gehabt: Ihre Mutter wirkte tatsächlich irgendwie verändert. Sie erschien mir blasser als sonst, unter ihren Augen lagen bläuliche Schatten. Und statt ihrer üblichen stets etwas biederen Hochsteckfrisur hatte sie ihre Haare heute nur einfach im Nacken zusammengefasst.

Hmm … alles schon sehr ungewöhnlich! Sonst war sie immer wie aus dem Ei gepellt. War Emmas Mutter vielleicht krank? Ich musterte sie unauffällig.

»Na, seid ihr gut klargekommen?«, erkundigte sie sich jetzt.

Sissi nickte eifrig. »Ja, es ging besser, als wir dachten! – Die anderen machen noch ein bisschen weiter!«

»Schön.« Emmas Mutter nickte zerstreut. »Grüßt zu Hause, ja? – Entschuldigt, ich muss eben schnell … äh … !« Eilig verschwand sie im Badezimmer und schlug die Tür hinter sich zu.

Sissi und ich sahen ihr verdutzt nach.

»Irgendwie war Emmas Mutter schon ein bisschen merkwürdig, oder?«, sagte ich, als die Haustür hinter uns ins Schloss fiel.

Sissi schwieg.

»Oder fandest du nicht?«, wiederholte ich.

Immer noch keine Reaktion.

Als ich zur Seite blickte, sah ich, dass Sissi ihre berühmte Jalousie runtergelassen hatte. Ihr Gesicht war völlig ausdruckslos und es war klar, dass ich keinen Pieps mehr aus ihr herauskriegen würde.

Na, super! Und wieso? Hatte ich Sissi irgendwie verärgert? Aber mit was denn? Ich war mir keiner Schuld bewusst!

»Sissi, jetzt sag mir doch bitte –«

Sissi sah stur an mir vorbei. »Sorry, Diana, ich muss echt dringend los!«

Kaum hatte ich unsere Räder aufgeschlossen, schwang Sissi sich auch schon in ihren Sattel und strampelte mit fliegenden Röcken und Locken davon.

»Da hast du echt geguckt wie ein Auto!« Sissi kichert leise vor sich hin.

»Das ist ja wohl kein Wunder!«, schnaube ich. »Ich hatte ja auch keinen blassen Schimmer, was so plötzlich mit dir los war!«

»Ich musste nachdenken«, sagt Sissi.

»Und worüber, wenn ich fragen darf?«

Sissi runzelt die Stirn. »Ob ich dich einweihen sollte oder nicht.«

»Wie: ›oder nicht‹?«, fauche ich. »Ich dachte, wir Prinzessinnen sagen uns alles.«

»Das tun wir ja auch«, bestätigt Sissi. »Mit klitzekleinen Ausnahmen.«

»Und das war eine?«

»Eben darüber musste ich nachdenken.«

Ein ausgiebiges Schwätzchen mit Frau Blümlein und ihrer jetzt-wieder-besten Freundin Frau Puppel beseitigte meinen Ärger über Sissi im Handumdrehen. Wie üblich bewirteten mich die beiden alten Damen so üppig mit Keksen, Obst und Kuchen, dass mir meine Gegenleistung – das Ausmisten der Balkonkästen – dagegen fast lächerlich vorkam. Aber davon wollten die beiden Damen nichts hören: »Diana, das wird doch nicht gegeneinander aufgerechnet! Wir freuen uns über deinen Besuch. Außerdem naschen wir selbst gern. So, und nun erzähl uns lieber mal, was es Neues gibt! Wie geht es Sissi und Emma?«

So berichtete ich den beiden alten Damen in allen Einzelheiten von dem bevorstehenden Schulfest und natürlich auch von unserem Theaterstück.

»Hans im Glück – wie schön!« Frau Puppel nickte begeistert. »Eins meiner Lieblingsmärchen! Die Aufführung lassen wir uns natürlich keinesfalls entgehen, oder, Marianne?«

»Aber keinesfalls!«, bekräftigte Frau Blümlein. »Du kannst uns schon mal Karten reservieren, Diana! Und wenn du willst, rühren wir gerne noch ein wenig die Werbetrommel für euren großen Auftritt!«

»Bis dahin ist ja noch Zeit«, sagte ich. »Aber in ein paar Wochen gern!«

»Und was plant ihr noch für das Schulfest?«, erkundigte sich Frau Puppel. Sie senkte die Stimme: »Wird es denn auch eine Aktion des Prinzessinnenclubs geben?«

Frau Blümlein und Frau Puppel waren einige der wenigen Auserwählten, denen Emma, Sissi und ich von der Existenz des Prinzessinnenclubs erzählt hatten. Weil wir uns sicher waren, dass sich die beiden nie darüber lustig machen würden. Im Gegenteil.

Ich schüttelte den Kopf. »Bisher noch nicht. Aber eigentlich ist das eine gute Idee! Irgendeinen Beitrag könnte der Prinzessinnenclub beim Schulfest schon leisten.«

Aber welchen?

Nachdenklich fuhr ich nach Hause.

Es war schon fast Zeit, schlafen zu gehen, als Mama das Telefon in mein Zimmer brachte. »Für dich, es ist Sissi! Aber schwatzt nicht mehr so lange, ja? Morgen ist Schule!«

Hastig griff ich nach dem Hörer. Na so was! Über meinen Besuch bei Frau Blümlein hatte ich Sissis seltsames Verhalten von vorhin doch glatt vergessen. Aber jetzt fiel mir alles wieder ein. Anscheinend hatte Sissi gnädigerweise beschlossen, mir doch noch anzuvertrauen, was sie so beschäftigt hatte.

»Also, was war los?«, sagte ich ohne Einleitung. »Ich bin ganz Ohr, Sissi!«

Ich hörte Sissi am anderen Ende tief Luft holen. »Erst musst du mir versprechen, über das, was ich dir gleich erzählen werde, zu schweigen wie ein Grab, Diana!«

Himmel, manchmal hat Sissi echt einen Hang zum Drama!

»Jaja«, versicherte ich ungeduldig. »Ich werde schweigen wie ein Grab, ein Stein oder ein toter Fisch. Nun rede endlich!«

»Ich meine es ernst«, sagte Sissi.

Mannomann, sie tat wirklich, als ginge es darum, ein Attentat auf den amerikanischen Präsidenten zu verhindern.

»Ich auch. Ich meine es auch ernst.«

»Also gut.« Sissi seufzte wieder. »Hör zu, Diana, ich mache es kurz: Ich glaube, Emmas Mutter ist schwanger!«

»SCHWANGER??! Du meinst, sie kriegt ein Baby?«

»Das bedeutet schwanger sein ja in der Regel, Diana«, bemerkte Sissi trocken. »Und bitte brüll nicht so, ja? Deine Eltern müssen das nicht unbedingt mitkriegen.«

»Aber das ist unmöglich!«, stammelte ich. »Emmas Mutter ist doch viel zu alt für ein Baby. Sie ist doch mindestens schon …«, ich überlegte, »na ja, Mitte vierzig oder so!«

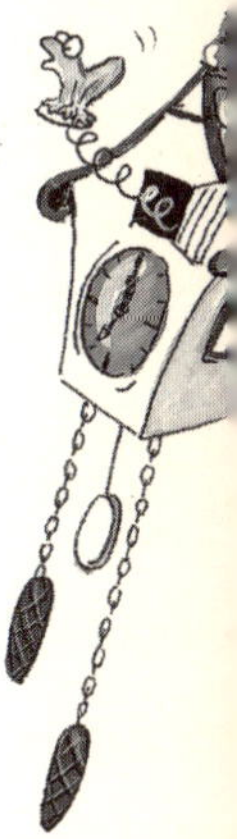

»Ich glaube, sie ist dreiundvierzig«, sagte Sissi, »genau wie meine Mutter. In dem Alter können Frauen durchaus noch ein Baby kriegen.«

»Ja, ›Frauen‹ vielleicht, aber doch nicht Emmas Mutter!«, rief ich aus. »Bei ihr kann ich mir sowieso nicht vorstellen, wie sie jemals mit Emmas Papa … also … äh …«, ich suchte nach den richtigen Worten, »also, wie die beiden … äh … Emma zustande gekriegt haben«, schloss ich schließlich verlegen.

Natürlich war Sissi mal wieder weitaus cooler als ich. »Du meinst, du kannst dir nicht vorstellen, dass Emmas Eltern überhaupt jemals Sex hatten?«

»Ja, so ähnlich«, gab ich zu. »Zumindest Emmas Mutter wirkt immer so … so steif, findest du nicht?«

»Doch, schon«, meinte Sissi lässig, »aber das hat doch überhaupt nichts zu sagen.«

Bitte?! Was solltc das denn schon wieder heißen? Wollte Sissi sich hier etwa als Sex-Expertin darstellen?! – Ich meine, davon waren wir ja wohl beide noch meilenweit entfernt! Dennoch war ich wider Willen beeindruckt. Sissi sprach das Wort »Sex« so locker aus, als würde sie ständig darüber reden. Also, das heißt natürlich nicht, dass Mama und Papa mich selbst nicht aufgeklärt hätten! Ich weiß genau Bescheid, wie ein Baby entsteht und wie es geboren wird und so, logo. Aber ich kann mir schon bei meinen eigenen Eltern nicht vorstellen, dass sie zusammen schlafen. Das heißt, ich will es mir lieber nicht vorstellen. Aber Emmas Eltern …!!! Die wirken etwa so locker und leidenschaftlich wie die englische Königin Elisabeth und ihr dröger Prinzgemahl Prinz Philipp. Andererseits haben die ja auch Kinder, vier Stück sogar! Und die hat ja wohl kaum der Klapperstorch gebracht, oder? Also, ist langweiliges Aussehen allein wohl kein Argument … hmm. Aber hier ging es ausnahmsweise nicht um das englische Königshaus. Hier ging es um Emma und ihre Eltern. Ich riss mich zusammen.

»Wie kommst du denn überhaupt darauf«, fragte

ich Sissi, »dass Emmas Mutter schwanger ist, meine ich?«

»Ach, da sind mehrere Dinge.« Sissi überlegte einen Moment. »Ihr blasses Gesicht, die Augen. Und einen kleinen Bauch hat sie auch. Ist dir das nicht aufgefallen?«

»Doch, schon«, gab ich zu. »Aber ich dachte, sie hat einfach ein bisschen zugenommen oder so.«

»Nee, so sah das nicht aus«, meinte Sissi fachmännisch, »und wie hektisch sie ins Badezimmer gestürzt ist! Bestimmt war ihr schlecht! Das ist ja in der Schwangerschaft öfter so.«

Sissi kannte sich anscheinend bestens aus. Kein Wunder, sie hatte ja selbst drei jüngere Geschwister, während Emma und ich Einzelkinder waren. Also, bisher jedenfalls.

»Als meine Mutter die Zwillinge bekommen hat, war ich ja selbst erst sieben, aber ich erinnere mich trotzdem daran«, erklärte Sissi. »Außerdem haben Papas jüngere Schwestern im letzten Jahr beide Babys bekommen. Anke ging es während der Schwangerschaft prima, aber Hanna, die sah genauso aus, wie Emmas Mutter zurzeit aussieht.« Sissi seufzte. »Ich bin mir wirklich ziemlich sicher, Diana! Außerdem passt es doch auch zu dem, was Emma uns über das Verhalten ihrer Mutter erzählt hat. Dass sich ihre Eltern so oft zurückziehen und so weiter.«

»Mag ja sein«, sagte ich langsam, »aber dann stellt sich doch die Frage …«

»… warum Emmas Eltern ihr noch nichts von dem Baby erzählt haben?«, beendete Sissi meinen Satz. »Ja, das verstehe ich auch nicht.«

»Na, das ist ja interessant: Ihr findet meine Mutter also steif und langweilig?!« Emmas Augen blitzen vor Empörung.

Oje, mit dieser oder einer ähnlichen Reaktion habe ich natürlich gerechnet. Aber das macht es jetzt auch nicht besser. Emma scheint kurz davor zu sein, wütend rauszustürmen. Und ich kann sie sogar verstehen. Auch wenn sie sich selbst bei Sissi und mir schon hundertmal über ihre Mutter beschwert hat, dürfen wir das natürlich noch lange nicht tun. Und das ist ja ganz normal. Wenn Emma oder Sissi etwas Negatives über meine Eltern gesagt hätten, würde ich genauso reagieren: verletzt und wütend.

Ich mache einen Versuch, die Situation zu retten: »Bitte, Emma, das ist doch nicht böse gemeint! Du weißt, dass ich deine Mutter gerne mag. Aber ich musste hier doch schreiben, wie Sissi und ich damals empfunden haben. Hast du vergessen, dass wir immer ehrlich sein wollten?«

Emma schweigt, sie scheint zu überlegen. Sissi und ich wechseln einen verstohlenen Blick. Aber wir sagen nichts, warten einfach ab. Endlich nickt Emma, wenn auch zögernd. »Also gut, Diana! Aber es bleibt bei diesem einen Mal, oder? Du schreibst doch nicht noch mehr über Mama?«

Na ja, ein bisschen schon.

Sissi ging mir langsam auf die Nerven.

Sie hatte mich etwa ein Dutzend Mal schwören lassen, über ihren Verdacht Stillschweigen zu bewahren.

»Bitte, Diana, sprich mit niemandem darüber, ja? Wenn Emma von einem Außenstehenden erfährt, dass ihre Mutter schwanger ist, wird sie bestimmt supersauer auf ihre Eltern. Und das wollen wir ja keinesfalls. Lass uns einfach abwarten. Irgendwann müssen ihre Eltern ja mit Emma sprechen.«

Ja, aber wann? Ach, vielleicht irrte sich Sissi ja auch. Ich konnte mir immer noch nicht vorstellen, dass Emmas Mutter wirklich ein Baby bekam. Aber egal: In einer Beziehung war ich absolut Sissis Meinung: Wir beide durften uns hier nicht einmischen! Das ging nur Emma und ihre Eltern an. Daher würden Sissi und ich schweigen und uns Emma gegenüber weiterhin ganz normal verhalten. – Aber das war gar nicht so leicht. Wir drei kannten uns so verdammt gut! Manchmal fürchtete ich fast, dass Emma Sissi und mir auf den Kopf zusagen würde, dass wir etwas vor ihr verbargen. Für Sissi wäre das vermutlich nicht mal ein Problem. Sie konnte einfach ihre berühmte Jalousie runterlassen und fertig. Aber ich? Ich würde doch garantiert knallrot anlaufen, lauter dummes Zeug stammeln und mich zu guter Letzt hoffnungslos verplappern.

Ich war froh, dass wir in der Schule jetzt so intensiv mit der Vorbereitung des Theaterstücks beschäftigt waren. Vor allem Emma redete über fast nichts anderes mehr, und das war nur gut so.

Während Kevin, Jo, Sissi, Tiffany, Emma und ich letzte Hand an das Skript legten, machte sich Frau Hasemann bereits Gedanken über die Verteilung der Rollen. Und nicht nur sie.

»Was meint ihr: Wer wird wohl den ›Hans‹ spielen?«, fragte uns Emma ein paar Tage später und biss herzhaft in das Buttercroissant, das ihr Sissi großzügig als Pausenbrot überlassen hatte. Zumindest hatte Emma vor lauter Sorge um ihre Mutter noch nicht ihren Appetit verloren.

Sissi, die damit beschäftigt war, einen Apfel mit dem Stoff ihres Lieblingsunterrocks zu polieren, zuckte die Achseln. »Keine Ahnung! Aber eins ist klar: Wer die Hauptrolle übernimmt, muss bereit sein, viel auswendig zu lernen.«

»Dann kommt eigentlich nur Lukas infrage«, meinte ich. »Der hat die Rolle doch in null Komma nichts im Kopf.«

Lukas Freitag ist unser Klassenbester. Egal ob Mathe, Englisch oder Deutsch – Lukas scheint einfach alles leichtzufallen. Und man kann ihn deswegen noch nicht mal blöd finden. Lukas ist echt in Ordnung. Im Notfall lässt er einen bereitwillig die Hausaufgaben abschreiben, und er macht sich auch nie darüber lustig, dass wir anderen weitaus langsamer im Kopf sind als er selbst.

»Ich weiß nicht«, sagte Emma gedehnt. »Lukas ist so klein und blass. Also, den ›Hans‹ stelle ich mir schon ein bisschen …«

»… toller vor?«, erkundigte sich Sissi.

Emma errötete. »Ja, schon! Ihr nicht?«

»Doch.« Sissi und ich nickten zustimmend.

»Und an wen hattest du gedacht?«, fragte ich Emma unschuldig. »Vielleicht an einen Jungen mit einer großen blonden Haartolle über der Stirn …?«

»Manchmal bist du wirklich eine blöde Kuh, Diana!« Emma puffte mich in die Seite. »Ja, ehrlich gesagt habe ich an Kevin gedacht! Warum auch nicht?« Energisch fegte sie die Croissant-

Krümel von ihrem T-Shirt und sah uns dann herausfordernd an. »Ich glaube, dass Kevin gut schauspielern kann. Und er sieht tatsächlich ziemlich süß aus. Also, das finde ich jedenfalls.«

»Okay, er ist nicht hässlich«, gab ich zu. »Vorausgesetzt, er hört auf, seine Haare zu stylen wie den schiefen Turm von Pisa!«

»Es ist ja nur ein Teil seiner Haare«, verteidigte Emma das blondierte Nashorn.

»Aber ein Wichtiger«, beharrte ich. »Wie kommst du überhaupt darauf, dass Kevin schauspielerisches Talent hat?«

Emma zuckte die Achseln. »Ich finde, er kann gut vorlesen. Und wenn er einen Witz erzählt, muss man echt lachen, oder?«

Da ist was dran, das musste sogar ich zugeben. Ich wandte mich an Sissi. »Und wen hättest du gern als ›Hans im Glück‹? – Eventuell …«, ich tat so, als würde ich angestrengt überlegen, »Jo?«

»Nein«. Sissi schüttelte den Kopf, dass ihre Locken flogen. »Jo geht viel zu wenig aus sich heraus, um ein guter Schauspieler zu sein.«

»Er geht zu wenig aus sich heraus?«, wiederholte Emma verwirrt. »Wie meinst du das denn?«

Sissi lächelte. »Na ja, wenn Jo sich über etwas ärgert, eine ungerechte Note oder so, wird er ja eher still.« Sie zwinkerte Emma zu. »Im Gegensatz zu Kevin zum Beispiel, der immer gleich ausflippt. Außerdem ist Jo ziemlich schüchtern. Nein, ich denke, er hätte gar keine Lust, auf der Bühne zu stehen.«

»Verstehe ich gut, mir würde das auch eine Heidenangst machen«, gab Emma zu. »Ich laufe ja schon rot an, wenn ich an die Tafel muss. Bei einer Aufführung vor Publikum würde ich wahrscheinlich kein einziges Wort rausbringen!«

»Wünschst du es dir denn?«, fragte ich.

»Was?«

»Na, auf der Bühne zu stehen? Würdest du gern eine Rolle in ›Hans im Glück‹ übernehmen?«

Emma schien nachzudenken. Nach einer Weile sagte sie: »Ja, eigentlich schon. Aber nur, wenn kein Mensch im Publikum sitzt. Wenn ich ganz für mich alleine spielen dürfte, versteht ihr?« Emma lächelte schüchtern. »Ich glaube, dann wäre ich vielleicht gar nicht so schlecht.«

Sissi und ich nickten.

»Eventuell würde es ja reichen, wenn du dir das vorstellst«, meinte ich dann. »Dass dir niemand zuhört. Dass du für dich ganz allein spielst, und unten im Saal sitzen keine Leute, sondern nur lauter dicke Kohlköpfe.«

Emma schüttelte den Kopf. »Das würde nicht funktionieren!«, seufzte sie. »Nein, ich würde mich mit Sicherheit bis auf die Knochen blamieren und anschließend nicht mehr auf die Straße trauen. Weil ich immer den Eindruck hätte, dass alle über mich tuscheln: Das ist das Mädchen, das die ›Hans im Glück‹-Aufführung vermasselt hat. Stellt euch nur vor: Sie ist schon beim zweiten Satz hängen geblieben und wurde ohnmächtig von der Bühne getragen …«

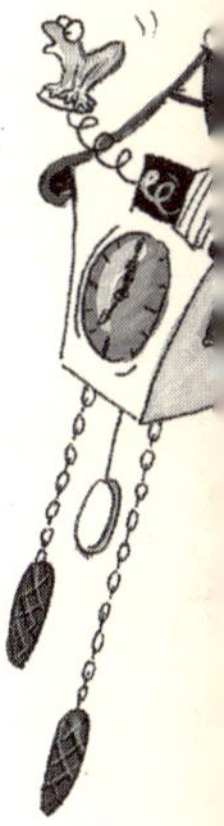

Ich kicherte. »Jetzt übertreibst du.«

»Aber nur ein bisschen«, meinte Emma.

»Vielleicht wäre dein Lampenfieber ja wie weggeblasen bei der Aufführung«, gab Sissi zu bedenken. »Ich hab mal gelesen, dass das richtigen Schauspielern ganz oft so geht. Erst sind sie tierisch aufgeregt, und in dem Moment, wenn der Vorhang aufgeht, ist die Angst weg und sie spielen einfach los. – Vielleicht wäre das bei dir ja genauso, Emma.« Sissi lächelte. »Wenn du es nicht probierst, wirst du es nie wissen.«

»Wenn ich es nicht probiere, werde ich mich wenigstens nicht blamieren«, sagte Emma.

Endlich war der große Tag da: Frau Hasemann verteilte die Rollen! Aber nach einer halben Stunde war ich fast ein bisschen enttäuscht. Ehrlich gesagt hatte ich auf deutlich mehr Hollywood-Atmosphäre gehofft: Castings, Recalls, atemlose Spannung, neiderfüllte Blicke, zusammenbrechende Verlierer, zum Jubel erhobene Siegerarme, Schweiß, Streit, Gezicke, Glückstränen … Na, so wie im Fernsehen eben. Jedenfalls so ähnlich. Stattdessen hatten sich für die Rolle des »Hans« tatsächlich nur zwei Jungen gemeldet: Kevin und Lukas. Mit Kevins Bewerbung hatte ich nach Emmas Äußerungen gerechnet. Sicher hatte er ihr vorher schon mal irgendwann erzählt, dass er Lust auf die Rolle hätte. Und im Gegensatz zu Emma und Jo hat Kevin keinerlei Probleme damit, im Mittelpunkt zu stehen, er ist ja so eine Art selbst ernannter Klassenclown. Lukas' Bewerbung um die Hauptrolle erschien dagegen eher halbherzig. Vielleicht glaubte er, Frau Hasemann oder wir anderen erwarteten es von ihm, weil er die Rolle in null Komma nichts auswendig lernen konnte. Vielleicht hatten ihn auch seine Eltern gedrängt, sich dafür zu melden. Lukas' Vater ist nämlich selber Schauspieler, wenn auch kein sehr erfolgreicher, wie Tiffany mehrmals hatte verlauten lassen. Angeblich ist Lukas' Vater außer in einem Werbespot für Toilettenpapier und einem für Ziegenkäse noch nicht

großartig in Erscheinung getreten, obwohl er seit Jahren von einem Casting zum anderen rennt. Puh, das muss ganz schön frustrierend sein.

Frau Hasemann hatte Kevin und Lukas die Textbücher gegeben. Die zwei sollten nacheinander Probe lesen. Die Stelle gleich am Anfang, in der Hans sich von seinem Meister verabschiedet und als Dank für sieben Jahre Arbeit einen Goldklumpen bekommt. Lukas war als Erster dran. Wie immer klang seine Stimme ein bisschen zu leise, aber er las flüssig und gut betont. Als Lukas fertig war, klatschten wir alle Beifall. Dann war Kevin an der Reihe. Wie üblich versuchte das blondierte Nashorn, seine Aufregung hinter besonderer Coolness zu verstecken. Aber heute funktionierte der Trick nicht. Kevins Gesicht war knallrot, als er nach vorne schritt, sich mehrmals räusperte und loslegte. Bei den ersten Sätzen verhaspelte er sich so sehr, dass die Klasse unruhig zu werden begann, aber irgendwann hatte Kevin sich gefangen – und dann startete er richtig durch. Natürlich las auch Kevin, wie Lukas zuvor, vom Textbuch ab, aber Kevins Stimme war so ausdrucksvoll, dass ich wider Willen geplättet war. Fasziniert schaute ich ihm zu. Es war seltsam: Alles, was mich sonst an Kevin nervte – sein große Klappe, seine laute

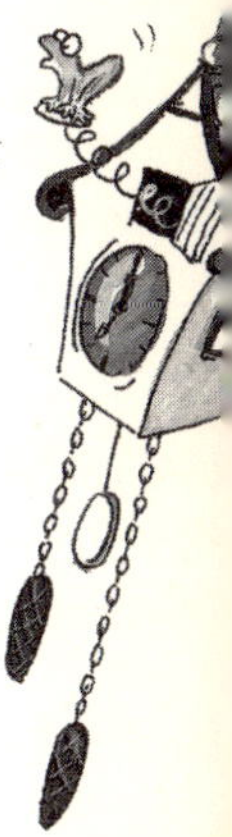

Stimme und sein manchmal unerträgliches Selbstbewusstsein –, all dies verwandelte sich hier in etwas Positives. Kevin las seinen Text nicht nur vor, nein, er spielte seine Rolle! Man nahm ihm den Hans im Glück einfach ab, diesen lockeren Typ, der in allem nur das Gute sieht, der das Leben in vollen Zügen genießt und der fröhlich in den Tag hinein lebt. Lukas hatte die Rolle von Hans' Meister gelesen. Als die Szene zu Ende war und die beiden Jungs ihre Textbücher sinken ließen, war es einen Moment ganz still in der Klasse, und dann klatschten alle wie verrückt Beifall. Ich sah rüber zu Emma. Himmel, sie klatschte und strahlte ja, als hätte nicht Kevin, sondern sie selbst gerade die Hauptrolle ergattert! Eine Abstimmung war nicht mehr nötig. Es war klar, wer die Rolle des Hans spielen würde. Glücklicherweise schien Lukas kein bisschen enttäuscht zu sein. Eher erleichtert ließ er sich von Frau Hasemann sogleich für die Rolle von Hans' freundlichem Meister verpflichten und trottete dann zurück auf seinen Platz.

Kevin ließ sich unterdessen von seinen Kumpels Raphael und Tarik feiern, als habe er soeben den Oscar gewonnen. Aber Frau Hasemann beendete die Huldigungen schnell, indem sie begann, die anderen Rollen zu verteilen. Da Hans im Märchen nur Männern begegnet, hatten wir Autoren auch hier ein bisschen umdisponiert: Der Reiter, der dem gutgläubigen Hans seinen Goldklumpen abluchst, war in unserer Fassung zur Reiterin geworden. Für diese Rolle meldete sich sofort Serena. Sie verbrachte ohnehin ihr halbes Leben im Pferdestall und fühlte sich daher für diesen Part mehr als qualifiziert. Der Bauer, bei dem Hans das störrische Pferd gegen eine Kuh eintauscht, war zur Bäuerin geworden und wurde von Mellie gespielt. Die Rolle des Metzgers, der Hans anschließend überredet, seine unergiebige Milchkuh gegen ein fettes Schwein einzutauschen, war nicht allzu begehrt. Aber das war ja zu erwarten gewesen. Erst nach längerer Diskussion erklärte sich schließlich Raphael bereit, den Part zu übernehmen, aber erst, als Frau Hasemann ihm erlaubte, auf der Bühne ein langes Schlachtermesser zu tragen. Ich nahm mir sofort vor, keinesfalls das Schwein zu spielen. Jetzt erst recht nicht! Ich meine, das konnte ja lebensgefährlich werden …! Die quirlige Stine spielte den Burschen … äh … das Mädchen mit der Gans, und die Rolle des Scherenschleifers übernahm Benjamin, der keineswegs so klein ist, wie sein Name vermuten lässt. Wir fanden alle, dass er einen prima Scherenschleifer abgeben würde.

Frau Hasemann atmete tief durch. »So, das hätten wir geschafft! Wer die Tierrollen spielt, besprechen wir später, einverstanden? Da das Pferd, die Kuh, das Schwein und die Gans ja keinen Text lernen müssen, können wir uns damit noch ein bisschen Zeit lassen, denke ich.«

Tiffany meldete sich zu Wort. »Wir müssen doch noch festlegen, wer die ›Marie‹ spielt!«

»Oje, stimmt! Danke, Tiffany!« Frau Hasemann schlug sich lachend an die Stirn. »Das hätte ich in dem Trubel tatsächlich beinahe vergessen. »Also dann …« Frau Hasemanns Blick wanderte durch die Reihen. »Wer von euch Mädchen hat denn noch keine Rolle? Mal sehen, da hätten wir Diana, Sissi, Büsra …«

Aus den Augenwinkeln sah ich, dass Tiffanys Arm schon wieder nach oben ging. Oje, gleich, gleich würde sie sich für die Rolle der Marie melden, das war so klar wie Kloßbrühe! Ebenso klar war, dass Tiffany aus der Rolle des einfachen Mädchens, in das Hans sich auf den ersten Blick verliebte, eine Art Barbie machen würde mit blonder Wallemähne, rosa Tüll und Glitzer-Nagellack. Der arme Hans … das arme Publikum … es sei denn … mir kam eine Idee … ich zögerte, aber nur einen klitzekleinen Moment, dann ging alles ganz schnell … wie von selbst. Ich dachte gar nicht mehr richtig nach. Wie ferngesteuert schoss mein Arm jetzt ebenfalls steil nach oben, und noch bevor Frau Hasemann mich aufrufen konnte, rief ich laut: »Ich glaube, dass Emma die ›Marie‹ ganz toll spielen könnte!«

Ich bemühte mich, nicht in Emmas Richtung zu schauen. Ich wusste auch so, wie sie jetzt aussah: fassungslos und wütend! Sehr wütend sogar.

»Oh ja! Emma wäre sicher eine gute ›Marie‹!«

Das war Sissi gewesen.

Puh, ich atmete auf. Also fand Sissi meinen Vorschlag nicht total verrückt. Sissi verstand, was ich bezwecken wollte, und sie unterstützte mich. Jetzt gab auch noch Kevin, der aufgehende Star am Schauspiel-Himmel, seinen Senf dazu. Und zum ersten Mal war ich dem blondierten Nashorn dankbar für seine große Klappe: »Also, ich würde sehr gern mit Emma spielen!«, sagte er. Ups, das klang ja fast bescheiden!

Frau Hasemann sah etwas erstaunt aus. »Tja, also, ich hätte natürlich nichts dagegen, wenn Emma die Rolle der ›Marie‹ spielt. Wir wissen ja alle, dass Emma den ›Hans im Glück‹, also das Märchen, meine ich, besonders gerne mag, und ich traue ihr den Part absolut zu.« Frau Hasemann war durch die Reihen gegangen und stand jetzt direkt vor Emmas Tisch. »Emma, was sagst du denn dazu? Hast du Lust?«

Endlich wagte ich es, zu Emma hinüberzusehen. Ihr Gesicht war so puterrot, dass mich ein schlechtes Gewissen beschlich. Ganz still und unbeweglich saß sie da, wie eingefroren, den Blick gesenkt, die langen dunklen Ponyfransen so tief in der Stirn, als wolle sie für immer dahinter verschwinden.

»Emma?«, fragte Frau Hasemann noch einmal.

Noch immer keine Reaktion.

»Emma, wir wollen dich ja nicht zwingen«, sagte Frau Hasemann jetzt sanft. »Diana hat nur einen Vorschlag gemacht. Wenn du die Rolle nicht übernehmen möchtest, ist das überhaupt kein Problem. Du bist ja eher etwas schüchtern und wenn du Angst davor hast, dann –«

Fast ruckartig hob sich jetzt Emmas Kopf. Ihre Haare flogen nach hinten. Ihre braun-grünen Augen blitzten und ihre Stimme klang fremd, atemlos, die Worte abgehackt, wie nach einem kilometerlangen Lauf: »Ich habe keine Angst! – Warum auch? – Ich spiele die Rolle. – Gerne, kein Problem!«

Frau Hasemann sah Emma unsicher an. Einen

Moment lang schien es, als wolle sie noch etwas einwenden, nachfragen, ob Emma sich ihrer Entscheidung wirklich sicher sei. Aber dann nickte sie nur und lächelte Emma zu. »Prima, dann ist ja alles klar!«

Es läutete zur großen Pause. Falls Frau Hasemann noch etwas hatte sagen wollen, ging es im allgemeinen Tumult unter. Es wunderte mich nicht, dass Emma die Erste war, die aufsprang und eilig nach ihrer Jacke griff. Ohne Sissi oder mich auch nur eines Blickes zu würdigen, stürmte sie an uns vorbei und war im nächsten Moment zur Tür hinaus.

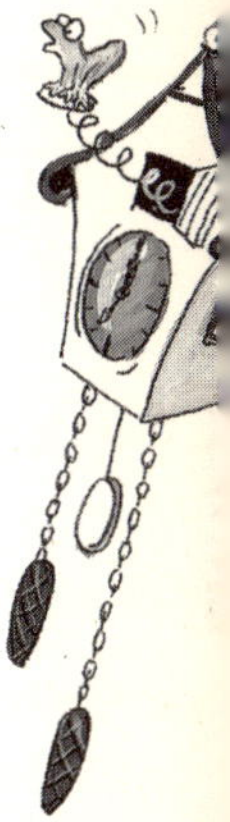

»Puh, war ich da sauer auf euch!«, sagt Emma, während sie die Blätter mit meinem letzten Kapitel zurück auf meinen Schreibtisch legt.

»Das kam damals ja öfter vor«, seufzt Sissi.

»Allerdings«, bestätigt Emma spitz.

»Dabei wäre dir einiges entgangen, wenn ich dich damals nicht für die Rolle der ›Marie‹ vorgeschlagen hätte«, sage ich.

»Allerdings«, sagt Emma zum zweiten Mal.

Also, manchmal hat sie wirklich einen komischen Ton in der Stimme.

Emma war kaum zu beruhigen!

Weiß vor Wut und mit fest zusammengepressten Lippen hockte sie auf unserer Prinzessinnen-Bank unter dem Kastanienbaum und würdigte Sissi und mich keines Blickes.

Wir mussten mit Engelszungen auf sie einreden, bis sie endlich den Mund aufmachte. Wenn auch nur, um uns zu beschimpfen: »Warum habt ihr das gemacht? Was bildet ihr euch ein, dass ihr immer genau zu wissen glaubt, was gut für mich ist?!« Emma funkelte Sissi und mich wütend an. »Ihr behandelt mich wie ein Kleinkind, merkt ihr das nicht? Dem gibt man auch einen kleinen Schubs, wenn es sich nicht von alleine traut, die große Rutsche runterzusausen. Und hinterher jauchzt es dann vor Freude! Zumindest hofft man das. Und wenn nicht, tröstet man das Kleine eben ein bisschen und rückt einen Lolli raus. Na, toll! – Aber wisst ihr was: Ich bin kein Kleinkind mehr! Und solche kleinen Schubser fand ich schon immer

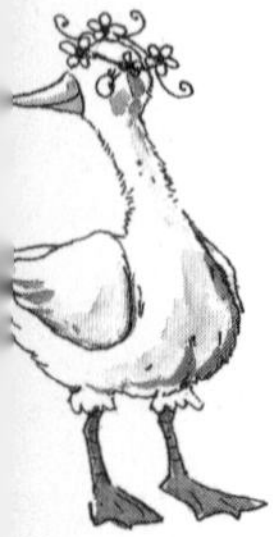

bescheuert! Und jetzt brauche ich so was erst recht nicht mehr! Und von euch schon gar nicht!«

Sissi und ich wechselten einen bestürzten Blick. »Wir … wir haben es wirklich nur gut gemeint«, stotterte ich schließlich.

»Wir dachten, du würdest die Rolle gern spielen und traust dich nur nicht.« Sissi zuppelte nervös an ihren Korkenzieherlocken herum.

»Das stimmt ja auch«, sagte Emma. »Ich hätte mich tatsächlich nie gemeldet. Weil ich nicht vor Hunderten von Leuten auftreten will! Es werden nämlich keine Kohlköpfe sein, die da unten im Publikum sitzen und miterleben, wie ich mich bis auf die Knochen blamiere, sondern echte Menschen! Eltern, Lehrer, Mitschüler …« Emma schlug sich die Hände vors Gesicht. »Oh Gott, wenn ich mir das nur vorstelle!«

»Aber warum hast du dann vorhin nicht einfach gesagt, dass du Angst hast?«, fragte ich leise. »Das hätte Frau Hasemann doch verstanden!«

Emma nickte bitte. »Klar, sicher hätte sie das verstanden! Sie hätte mich mitleidig angesehen und so was gesagt wie: ›Ach, unsere arme Emma, sie ist ja so schüchtern. Das müssen wir verstehen. Lassen wir sie besser in Ruhe, unsere kleine Mimose, der immer alles peinlich ist …‹«

»Das hätte Frau Hasemann nicht gesagt!«, wendete Sissi ein.

»Okay, vielleicht nicht wortwörtlich«, räumte Emma ein. »Aber gemeint hätte sie genau das. Und alle, ALLE, hätten es gewusst!« Emma zeigte auf Sissi. »Wenn du die Rolle abgelehnt hättest, dann würde niemand annehmen, dass du Angst hast.« Gekonnt imitierte Emma Tiffanys affektierte Stimme: »Waaas? Die coole Sissi Lilienthal und Angst??!! Ph, undenkbar!« In normalem Ton fuhr Emma fort: »Jeder, einfach jeder wäre davon überzeugt gewesen, dass du diese ganze Schauspielerei als albernes Affentheater empfindest und deswegen nicht spielen willst, stimmt's oder habe ich recht?«

»Ich weiß nicht. Ja, kann schon sein«, gab Sissi zu.

»Na bitte!«, sagte Emma triumphierend. »Und bei dir, Diana, wäre es ähnlich. Da würden alle vermuten, dass du schlicht keine Lust hast, so viel Text zu lernen. – Aber bei MIR denkt das natürlich keiner! ICH bin ja der ewige Angsthase, die, die immer gleich rot anläuft und ins Stottern kommt, der ständig alles Mögliche peinlich ist! Dabei bin ich die Älteste in der Klasse! Das macht es noch schlimmer!« Emmas Augen glänzten verdächtig und ihre Stimme bebte. »Wisst ihr, wie sehr ich das alles hasse? Ich möchte auch endlich mal cool sein! Verdammter Mist! – Stattdessen hab ich jetzt diese Rolle am Hals und werde mich schrecklich blamieren. Und danach ist alles noch viel schlimmer!«

»Ach Emma…« Ich fühlte mich hundeelend. Unbeholfen trat ich auf Emma zu und versuchte sie in die Arme zu nehmen. »Es tut mir leid. Du hast recht, das war unüberlegt und… total bescheuert von uns.«

Emma hatte meine Umarmung nicht erwidert. Stocksteif stand sie da und sprach weiter. »Erst dieses seltsame Verhalten meiner Mutter, diese komische Geheimniskrämerei – und jetzt noch das! Mir reicht's im Moment wirklich. Das könnt ihr mir glauben!«

Ich nickte schuldbewusst. Himmel, was hatte ich mit meinem Vorschlag nur angerichtet? Emma war völlig im Recht: Ich hatte sie zu ihrem »Glück« zwingen wollen, weil ich dachte, dass sie sich von allein nicht trauen würde. Aber auch, weil ich ehrlich davon überzeugt war, dass Emma die Rolle der »Marie« gut spielen könnte. Ja, da war ich mir wirklich sicher. Wie gut sie eben Tiffanys Tonfall imitiert hatte! Ehrlich, das war großartig gewesen!

Dennoch hätte ich Emma niemals in diese Lage bringen dürfen! Das war mir jetzt absolut klar. Aber vielleicht war es ja noch nicht zu spät.

Ich sah Emma fragend an. »Soll ich mit Frau Hasemann sprechen? Ich meine, soll ich ihr sagen, dass du die ›Marie‹ gar nicht spielen willst und dass Tiffany die Rolle übernehmen soll? Ich bin mir sicher, dass Tiffany sofort mit Kusshand für dich einspringen würde.«

Einen Moment lang schien Emma über mein Angebot nachzudenken, aber dann schüttelte sie den Kopf. »Nein, so ein Rückzieher wäre auch eine Niederlage! Ich habe die Rolle zugesagt, also stehe ich das jetzt durch. Egal wie, ich werde die ›Marie‹ spielen.« Sie seufzte. »Zumindest werde ich es versuchen.«

»Und Sissi und ich, wir werden dir helfen«, bot ich an, »oder, Sissi?«

»Klar!« Sissi nickte eifrig.

Emma maß uns beide mit einem kühlen Blick. »Danke, aber für den Augenblick habe ich, ehrlich gesagt, genug von euren Hilfsaktionen …«

In gedrückter Stimmung radelte ich nach Hause. Emma sprach zwar wieder mit Sissi und mir, aber verziehen hatte sie uns noch nicht. Das hatte sie uns deutlich fühlen lassen. Oje, hoffentlich renkte sich das bald wieder ein …

Wie immer sah Mama mir natürlich an der Nasenspitze an, dass etwas nicht in Ordnung war. Mama kann seit einiger Zeit einen Teil ihrer Arbeit von zu Hause aus erledigen, daher gehe ich nach der Schule nicht mehr in den Hort, sondern nach Hause, wo Mama uns beiden dann fix irgendwas zu essen brutzelt. Mama ist keine besonders gute Köchin. Meistens gibt es Tiefkühlpizza, Fischstäbchen oder Kartoffeln mit Quark, manchmal auch Pfannkuchen. Alles, was schnell geht, eben. Aber das macht mir nicht viel aus. Ich sitze gern mit Mama zusammen in der Küche und quassele, jedenfalls solange sie mir nicht die berühmt-berüchtigte Mutter-Frage stellt: »Na, wie war's heute in der Schule?«

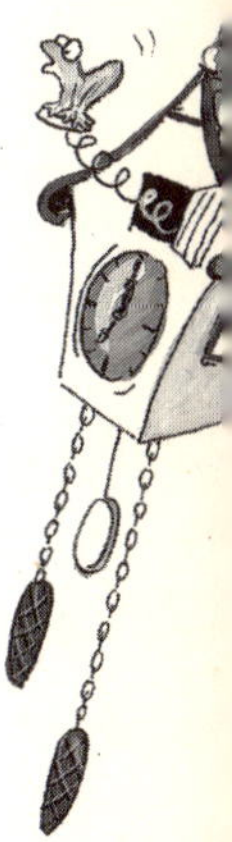

Natürlich dauerte es heute nicht mal zehn Sekunden, bis Mama mich exakt dies fragte. Erst druckste ich ein bisschen herum, aber dann berichtete ich doch ausführlich von der Verteilung der Rollen und von meinem leider missglückten Vorschlag, dass Emma die Rolle der »Marie« spielt.

»Ich habe es nur gut gemeint, ehrlich!«, versuchte ich Mama zu überzeugen. Irgendwie hoffte ich wohl insgeheim, dass meine Mutter mir sagen würde, dass es im Grunde doch eine prima Idee gewesen sei, Emma ein bisschen auf die Sprünge zu helfen.

Aber ich wurde enttäuscht. Mama schüttelte den Kopf. »Mensch, Diana, da hast du aber wirklich nicht nachgedacht, oder? – Warum bist du nur immer so vorschnell?«

Ich senkte den Kopf. Mama hatte ja recht. Ich neige wirklich dazu, loszuplappern, wenn mir eine vermeintlich tolle Idee durch den Kopf schießt. Meistens ist das ja auch gar nicht so schlimm, aber manchmal ist es eben verheerend. Ich seufzte. Irgendwie hatte ich das dringende Bedürfnis, etwas zu meiner Verteidigung vorzubringen. »Vielleicht ist Emma ja später glücklich und superstolz, dass sie die Rolle gespielt hat«, sagte ich kleinlaut. »Also, wenn alles gut geht, meine ich.«

»Ja, dann schon«, bestätigte Mama, »aber was, wenn nicht …?«

Also, das fand ich jetzt wirklich ein bisschen unfair! »Papa und du, ihr habt mich schließlich auch schon ein paar Mal zu Dingen gedrängt, vor denen ich Angst hatte«, sagte ich vorwurfsvoll.

»Bitte?« Mama runzelte die Stirn. »Zu was haben wir dich denn gedrängt?«

»Na, zu diesem blöden Seepferdchen-Kurs zum Beispiel! Ich war damals noch im Kindergarten und hatte eine Heidenangst vor dem Wasser, das habt ihr mir selber oft genug erzählt, und trotzdem musste ich an dem Kurs teilnehmen.«

»Aber das haben wir doch nur getan, um dich zu schützen«, verteidigte sich Mama. »Hier in der Nähe gibt es nun mal zwei Teiche und wir fürchteten ständig, du könntest hineinfallen.«

»Und als ich dann das Seepferdchen-Abzeichen hatte, da hattet ihr keine Angst mehr?«

»Doch, schon«, gab Mama zu, »aber nicht mehr so doll. Andererseits …« Mama schien nachzudenken. »Ehrlich gesagt bin ich mir heute auch nicht mehr sicher, ob wir damals richtig gehandelt haben. Wir hätten genauso gut abwarten können. Wahrscheinlich hättest du dir ein paar Monate später selber gewünscht, schwimmen zu lernen. Und dieser ganze Druck wäre gar nicht nötig gewesen. Wenn ich nur daran denke, wie gruselig es immer war, dich in diese Schwimmhalle zu bringen …« Bei der Erinnerung daran schüttelte Mama den Kopf. »Manchmal hast du sogar geweint und dich an mich geklammert! Da habe ich mich gefühlt wie ein Monster!« Mama lächelte schief. »Das würde ich heute anders machen! Ganz bestimmt!«

Nachdenklich stocherte ich in meinem Essen herum. Irgendwie ist es immer seltsam, wenn meine Eltern zugeben, dass sie einen Fehler gemacht haben und heute ganz anders handeln würden. Ich meine, fürs Fehler-machen-Dürfen sind doch eigentlich wir Kinder zuständig, oder nicht? Aber daran muss ich mich wohl gewöhnen, also daran, dass meine Eltern nicht perfekt sind, meine ich. Früher, als ich noch klein war, also richtig klein, da war ich fest davon überzeugt, dass Mama und Papa alles wissen. Sie schienen mir die ganze Welt erklären zu können. Jetzt erlebe ich immer häufiger, dass die beiden auch mal unsicher sind, oder zaghaft, oder eine Entscheidung bereuen, die sie getroffen haben. Das ist immer ein komisches Gefühl. Aber ich glaube, für Mama und Papa noch viel mehr als für mich.

Na ja, ich finde es jedenfalls gut, dass meine Eltern ihre Fehler zugeben – wenn auch, wie im Seepferdchen-Fall, ziemlich spät.

»Irre, wie das bei euch zu Hause abläuft«, sagt Sissi kopfschüttelnd. »Bei uns kommt alles sofort und gleich auf den Tisch: Egal, ob mein Vater die falsche Marzipansorte bestellt hat oder meine Mutter eine der Angestellten zu Unrecht ausgeschimpft hat – das wird alles

direkt beim Abendbrot besprochen, schon immer! Und oft auch sehr heftig! Ich habe meine Eltern noch nie für unfehlbar oder unendlich stark gehalten.«

»Auch früher nicht?«, wundert sich Emma. »Als du ganz klein warst?«

»Nein«, Sissi schüttelt den Kopf. »Nie, glaube ich.«

»Ich schon«, sage ich.

»Na, und ich sowieso«, sagt Emma.

Wenige Tage nachdem Frau Hasemann die Rollen für das Theaterstück verteilt hatte, waren Kevin, Jo, Tiffany, Emma, Sissi und ich auch mit der Überarbeitung von »Hans im Glück« fertig. Ich fand, wir konnten wirklich mit uns zufrieden sein. Schließlich hatten wir es geschafft, unsere sechs zum Teil sehr unterschiedlichen Meinungen unter einen Hut zu bringen, ohne uns gegenseitig die Textbücher über den Kopf zu hauen oder uns hoffnungslos zu zerstreiten. Und allein das war doch schon eine beachtliche Leistung, oder? Einer der Gründe für die unerwartete Harmonie war sicher, dass Tiffanys Interesse an der neuen Hans-im-Glück-Fassung deutlich nachgelassen hatte, nachdem klar geworden war, dass nicht sie, sondern Emma die Rolle der »Marie« spielen würde. Tiffany hatte sich stattdessen mit Feuereifer auf die Choreographie der Hip-Hop-Tanznummer gestürzt, die ja den Abschluss unserer Aufführung bilden würde (den Höhepunkt, wie

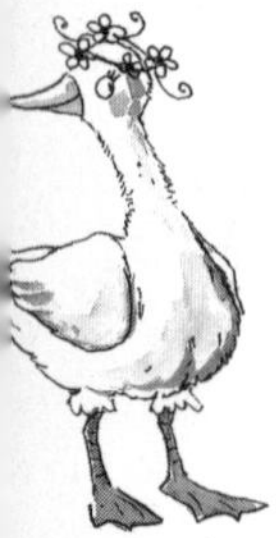

Tiffany meinte). Aber im Grunde war es mir egal, wie Tiffany ihre Tanzeinlage einstufte, so lange sie nur nicht sauer auf Emma war, die ihr ja die Marie-Rolle sozusagen vor der Nase weggeschnappt hatte. Mit Tiffanys Missgunst im Rücken hätte sich der Druck auf Emma erhöht. Und das konnten wir alle nicht gebrauchen. Dafür nahm ich gerne in Kauf, dass Tiffany jetzt so tat, als sei »Hans-im-Glück« quasi eine Art Vorgruppe für ihre geniale Hip-Hop-Show.

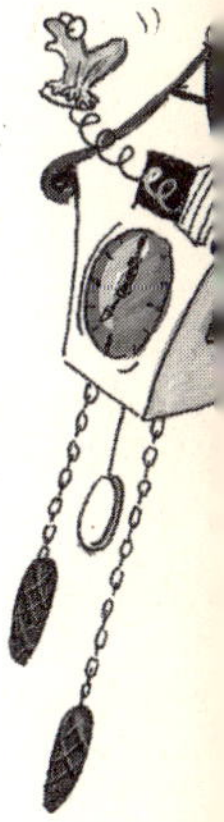

Frau Hasemann hatte uns sechs Autoren jedenfalls ausdrücklich für unsere Arbeit gelobt. Nachdem sie an einigen Formulierungen noch ein bisschen herumgefeilt hatte, wurde das neue Textbuch zum Kopieren gegeben. Schließlich drängte die Zeit. Wir mussten langsam mit den Proben anfangen.

Und dann war es endlich so weit: Alle Darsteller hatten ihre Texte vorliegen und das Lesen mit verteilten Rollen konnte beginnen. Zum Glück hatte Emma in der Zwischenzeit ihren Widerstand aufgegeben und sich gnädig bereit erklärt, Sissis und meine Hilfe beim Textlernen anzunehmen. Schließlich hatten wir beide bisher keine Rolle in dem Stück und daher ausreichend Zeit, Emma zu unterstützen. Sissis und mein Einsatz würde erst später kommen: Weil wir beide gerne und recht gut zeichnen, hatte Frau Hasemann uns aufgetragen, ein kleines Werbeplakat für »Hans im Glück« zu entwerfen. Das Plakat sollte später vervielfältigt und in den Geschäften rund um die Schule verteilt werden, damit möglichst viele Leute unsere Aufführung würden sehen wollen. Sissi und ich waren ungemein stolz, dass Frau Hasemann uns eine so verantwortungsvolle Aufgabe übertragen hatte, und nahmen uns fest vor, das Beste daraus zu machen!

Emma wirkte inzwischen etwas entspannter, was sicher auch daran lag, dass schon bei der ersten Leseprobe deutlich geworden war, dass auch die anderen nicht als fertige Schauspieler vom Himmel gefallen waren. Serena, die ja die Rolle von Hans' erster Tauschpartnerin spielen sollte, brachte anfangs kaum einen halbwegs zusammenhängenden Satz heraus, und Lukas ließ Kevin (alias Hans) den Globus, der den Goldklumpen darstellen sollte, auf den Fuß fallen, woraufhin Kevin so laut zu brüllen anfing, dass Schüler aus der Nebenklasse zu uns rübergerannt kamen, um zu fragen, ob ein Krankenwagen gebraucht würde …

Als sich alles wieder einigermaßen beruhigt hatte, seufzte Frau Hasemann: »Oje, ich glaube, wir haben noch ein großes Stück Arbeit vor uns.« Sie wandte sich an Emma. »Wie ist es, Emma: Möchtest du jetzt mal deinen Part lesen?«

Ich erschrak mindestens so sehr wie Emma. Himmel, die »Marie« würde doch erst gegen Ende des Stücks auftreten! Warum sollte Emma denn ihre Rolle jetzt schon lesen?

Während Emma mit hochrotem Kopf nach vorn ging, erklärte Frau Hasemann ihr Vorgehen: »Je früher jeder Darsteller eine Rückmeldung auf sein Spiel bekommt, umso geringer ist die Gefahr, dass ihr etwas Falsches einübt. Das lässt sich nämlich später nur noch schlecht wieder ausbügeln.«

Ich wechselte einen besorgten Blick mit Sissi. Was, wenn Emma sich jetzt gleich ebenso verhaspelte wie Serena? Was, wenn irgendjemand lachen oder auch nur leise kichern würde? Ich seufzte. Emma würde doch mit Sicherheit jede klitzekleine Negativ-Reaktion auf sich und ihr Spiel beziehen. Jetzt half nur noch Daumen drücken.

Angespannt saßen Sissi und ich da und beobachteten Emmas Auftritt. Aber unsere Sorge erwies sich als unbegründet. Emma machte ihre Sache gut. Nur ihr roter Kopf und ein leichtes Zittern ihrer Hände verrieten, wie aufgeregt sie war. Dank unserer guten Vorbereitung konnte Emma sogar schon einen kleinen Teil ihrer Rolle auswendig. Ihre Stimme war klar und halbwegs laut und sie schaffte es sogar, Kevin, der den Part des »Hans« las, ins Gesicht zu schauen, was für Emma schon eine Überwindung bedeutete. Frau Hasemann lobte die beiden jedenfalls über den grünen Klee. Und als Emma zurück an ihren Platz ging, huschte ein kleines Lächeln über ihr Gesicht. Puh, ich atmete erleichtert auf. Wer weiß, vielleicht bekam Emma ja doch noch Spaß an ihrer Rolle. Ja, eventuell war sie mir im Nachhinein sogar dankbar für den kleinen Schubs …

Sissi schien Ähnliches durch den Kopf gegangen zu sein. »Emma war ziemlich gut heute, oder?«, fragte sie begeistert, als wir unsere Räder mittags durch das Schultor schoben.

Ausnahmsweise waren wir nur zu zweit. Emma war mit den anderen Darstellern in der Schule geblieben, um mit Leuten aus der Parallelklasse über die Kostüme zu sprechen.

»Ja, fand ich auch.« Ich nickte zufrieden. »Emma kriegt das schon in den Griff. Und über ihre Mutter hat sie auch nichts mehr gesagt. Du weißt schon: Dass sie ihr nicht zuhört und verschlossen und merkwürdig sei und so.« Ich warf Sissi einen Seitenblick zu. »Das Problem scheint sich also erledigt zu haben. Womit klar wäre, dass du mit deiner Vermutung falsch gelegen hast, Sissi: Emmas Mutter ist nicht schwanger. Natürlich nicht!« Ich pustete mir eine Haarsträhne aus dem Gesicht und zwinkerte Sissi zu. »Aber mach dir nichts draus: Auch eine Sissi Lilienthal kann sich mal irren.«

Sissi nickte widerstrebend. »Wahrscheinlich hast du recht, Diana! Obwohl ich mir wirklich sehr sicher war. Es sprach so vieles dafür. –Na ja, nur gut, dass ich Emma nichts von meiner Vermutung erzählt habe. Stell dir vor, sie hätte ihre Mutter darauf angesprochen … das wäre eine ganz schön peinliche Nummer geworden!«

»Allerdings.« Ich grinste. »Aber da das ja jetzt geklärt ist, können wir uns wieder anderen Dingen zuwenden.«

»Dachtest du dabei an etwas Bestimmtes?«

Ich holte tief Luft. »Ich habe mir überlegt, wir – also der Prinzessinnenclub – sollten ein eigenes Projekt auf die Beine stellen. Beim Schulfest, meine ich.«

»Gute Idee, Prinzessin Diana!«, lobte Sissi.

»Ja, nicht wahr?«

Dass mich erst Frau Puppel und Frau Blümlein auf diesen genialen Gedanken gebracht hatten, durfte ich an dieser Stelle wohl mal unterschlagen.

»An was hast du denn gedacht?«, fragte Sissi.

»Ach, ich weiß noch nicht so recht. Vielleicht sollten wir Geld sammeln für eine gute Sache? Wir könnten doch irgendwas verkaufen oder so.«

»Du meinst eine Art Flohmarkt?«

»Ja, vielleicht.« Ich zuckte die Achseln. »Aber ein Flohmarkt ist natürlich nichts Besonderes.« Ich überlegte einen Moment. »Hey, wie wäre es, wenn wir etwas selber basteln und verkaufen? So wie die Seidentücher, die du uns mal geschenkt hast?«

Kurz nach der Gründung des Prinzessinnenclubs hatte Sissi für Emma, mich und sich selbst wunderschöne Seidentücher genäht. Jedes Tuch war mit unseren Namen und einer kleinen goldenen Krone bestickt. Sissi hatte uns die Tücher an ihrem Geburtstag feierlich überreicht. Emma und ich waren total gerührt gewesen.

Jetzt schüttelte Sissi den Kopf. »Dieses Nähen und Sticken bedeutet jede Menge Arbeit. Das kriege ich zeitlich nicht mehr hin. Du weißt doch, wie oft mich meine Eltern als Babysitter einspannen …« Sissi verdrehte vielsagend die Augen.

»Aber doch nicht mehr so viel wie früher, oder?«, fragte ich.

Sissi schüttelte den Kopf. »Nein, es ist besser geworden. Das weißt du doch.«

In der Zeit, als sich Sissis Eltern große Sorgen wegen der drohenden Konkurrenz durch den neuen Coffeeshop gemacht hatten, musste Sissi wirklich ständig auf ihre drei jüngeren Geschwister aufpassen. Sissi nennt die Zwillinge Mats und Tilda und den siebenjährigen Jakob immer nur die »Nervzwerge«. Aber sie meint das nicht böse, wie ich inzwischen weiß. Sissi hat ihre drei Geschwister wirklich sehr lieb. Aber damals wurde ihr diese ewige Babysitterei einfach zu viel und irgendwann ist sie richtig ausgeflippt. Was bei Sissi ja nur höchst selten vorkommt! Na ja, und danach hatte Sissi mit ihren Eltern eine Aussprache. Seitdem ist die Situation deutlich besser geworden. Natürlich muss Sissi zu Hause noch immer viel mehr mithelfen als Emma oder ich. Aber dafür ist ihr nie langweilig und als Große darf sie schon viel mehr Dinge selber entscheiden als Emma oder ich.

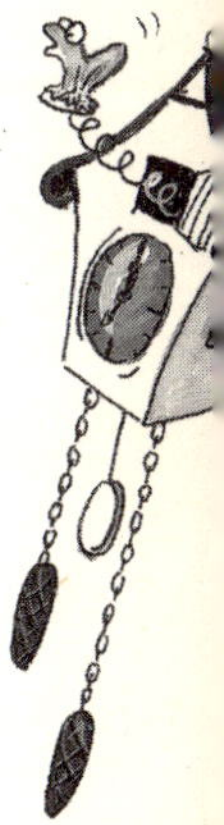

Als Sissi und ich uns an diesem Mittag trennten, hatten wir vereinbart, jede bis zum nächsten Tag zumindest einen guten Vorschlag für eine Schulfest-Aktion zu entwickeln. Wir fanden, das waren wir uns und dem Ruf des Prinzessinnenclubs schuldig.

Aber dann geschah etwas, das unsere Pläne erst mal gründlich über den Haufen warf und alles andere in den Hintergrund drängte. Es war wie ein Donnerschlag.

Den letzten Absatz hat Emma laut und übertrieben theatralisch vorgelesen. Jetzt lässt sie mein Manuskript sinken und grinst. »Na, du machst es ja wirklich spannend, Diana!«

»Das gehört ja wohl zum Schreiben dazu«, sage ich. »Schließlich sollen die Leute beim Lesen nicht einschlafen, oder?«

»Du, ich glaube, da besteht keine Gefahr«, beruhigt mich Sissi. »Jetzt rück schon die nächsten Seiten raus!«

Immer mit der Ruhe, bitte.

In einem Anfall von Großzügigkeit hatte ich Mama versprochen, ihr an diesem Nachmittag zu helfen, die Küchenschränke auszuwischen. Eine der nervigsten Arbeiten überhaupt, weil die dafür nötige Räumerei endlos ist und die Schränke hinterher eigentlich genauso aussehen wie vorher. Finde ich jedenfalls. Da Mama aber spitzbekommen hatte, dass mir diese Woche zu meinen drei guten Prinzessinnentaten noch eine fehlte, hatte sie die Situation schamlos ausgenutzt und mich zur Mithilfe verdonnert.

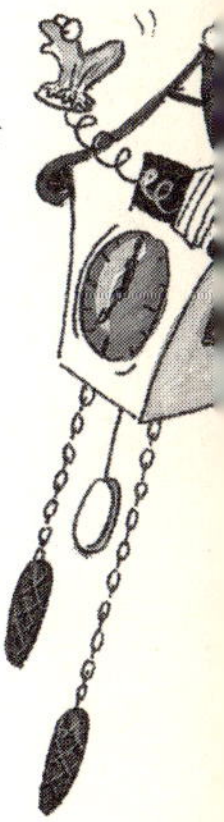

Wir hatten die Schränke gerade leer geräumt, als das Telefon klingelte. Zuerst kapierte ich gar nicht, wer dran war. Doch endlich identifizierte ich die verweinte Stimme zwischen Schluchzen, Schlucken und Nasehochziehen als die von Emma.

Ich machte Mama ein Zeichen und verzog mich mitsamt dem Telefon in mein Zimmer. »Was ist denn los, Emma?«, fragte ich dann. »Ist etwas passiert?«

»Ja«, presste Emma hervor.

»Und was? – Soll ich bei dir vorbeikommen?«

»Nein!« Das klang wie aus der Pistole geschossen.

»Dann sag mir doch, was los ist!«, drängte ich. »Ist irgendwas mit deiner Rolle? Oder mit deinen Eltern?«

Emma ging gar nicht auf meine Fragen ein. »Kann ich … kann ich zu dir kommen?«

»Jetzt gleich?« Ich überlegte kurz. »Ja, ja, natürlich kannst du! Soll ich Sissi auch anrufen?«

Aber Emma hatte schon aufgelegt.

Verwirrt ließ ich mich auf meine Bettkante sinken. Um sofort wieder aufzuspringen. Nein, jetzt nicht anfangen zu grübeln, sondern sofort Sissi benachrichtigen! Sissis kühle Sicht der Dinge ließ fast jedes Problem lösbar erscheinen. Das wusste ich aus Erfahrung. Und so wie Emma eben geklungen hatte, konnte sie jede Menge Unterstützung und Trost gebrauchen. Das schaffte ich nicht allein. Da war der Einsatz des kompletten Prinzessinnenclubs nötig! Ich griff zum Hörer.

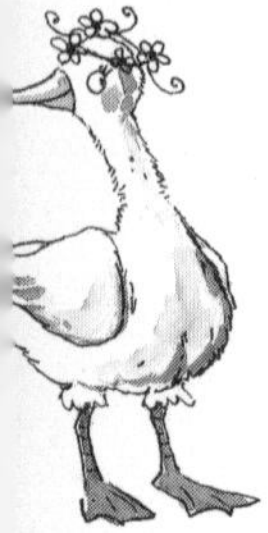

Glücklicherweise hatte ich Sissi direkt am Apparat. Sie versprach, sofort zu kommen. Ich atmete auf. Und dann gestattete ich meinen Gedanken endlich, Achterbahn zu fahren: Was um Himmels willen konnte Emma nur passiert sein? Hatte bei dieser Kostümbesprechung etwa jemand an Emmas Schauspielkünsten herumgemäkelt? – Aber das war eher unwahrscheinlich! Ich meine, wer würde so etwas Fieses tun? Das traute ich nicht mal Tiffany zu. Also ging es vermutlich doch um Emmas Eltern! Vielleicht war Emmas Bauchgefühl ja richtig gewesen? Ob ihre Mutter krank war? Ernstlich krank? War sie deshalb in der letzten Zeit so merkwürdig gewesen? Ich knetete meine Hände. Bitte, lieber Gott, lass es nichts wirklich Schlimmes sein! Bitte!!!

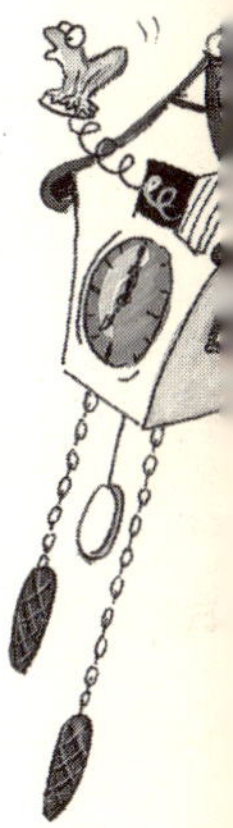

Als es klingelte, stürzte ich sofort zur Tür und schaute runter ins Treppenhaus. Sissi, ganz außer Atem. Gut, dass sie da war! Eilig stürmte sie die Treppen herauf.

»Ich bin so schnell gefahren, wie ich konnte. Was ist denn los, Diana?«

»Ich weiß es doch selber nicht«, stammelte ich. »Emma hat mich angerufen. Erst konnte ich sie kaum verstehen, weil sie so weinte und dann –«

Da ertönte die Klingel schon wieder. Das musste Emma sein! Sie brauchte für die vier Treppen zu uns hinauf viel länger als Sissi und – oje, Emmas Gesicht war total verweint! Wortlos nahmen wir sie in den Arm, führten sie in mein Zimmer und warteten geduldig ab, bis sie sich ein bisschen beruhigt hatte.

Wir mussten lange warten.

»Jetzt sag schon«, drängte Sissi schließlich sanft. »Es hängt mit deiner Mutter zusammen, stimmt's?«

Emma nickte. Sie nahm sich ein Papiertaschentuch aus der Box, die ich ihr hingestellt hatte, und putzte sich geräuschvoll die Nase. Dann erzählte sie uns endlich, was geschehen war. Anscheinend hatten Emma und ihre Mutter nach der Kostümbesprechung einen Stadtbummel gemacht. Emma war bestens gelaunt gewesen, richtig gelöst, weil heute bei der Probe alles so überraschend glattgegangen war. Gerade hatte sie ihrer Mutter ausführlich davon erzählen wollen, als die beiden eine Bekannte getroffen hatten, eine frühere Kollegin von Emmas Mutter. Fröhlich hatten sich alle begrüßt. Aber dann war die ehemalige Kollegin plötzlich einen Schritt zurückgetreten, hatte lächelnd auf den Bauch von Emmas Mutter gezeigt und gesagt: »Na so was! Ich gratuliere! Wann ist es denn so weit?«

Emmas Stimme war immer lauter geworden. Den letzten Satz schrie sie fast.

»Wie: Wann ist es denn so weit?«, echote ich verwirrt. »Was soll denn das heißen?«

»Na, was schon?«, sagte Sissi. »Dass Emmas Mama ein Baby bekommt natürlich.« Sie seufzte. »War ja klar …« Die letzten drei Worte hatte Sissi nur ganz leise gesagt, wie zu sich selbst, aber Emma hatte sie trotzdem gehört. Grob packte sie Sissi am Ärmel. »Was meinst du damit: ›War ja klar‹? – Hast du es etwa gewusst?! Dass meine Mutter schwanger ist?!«

Schweigen.

»Und du, Diana? Du auch?« Forschend sah Emma mich an.

Ich senkte den Blick. Aber das genügte Emma, um zu begreifen.

»Also hat wirklich ALLE WELT gewusst, dass meine Mutter schwanger ist. Nur mir, der dummen kleinen Emma, sagt keiner was!« Ihre Stimme überschlug sich fast. »Könnt ihr mir mal verraten, warum?«

Ich zuckte hilflos mit den Schultern. »Sissi … Sissi hatte ja nur so einen Verdacht«, stammelte ich. »Wir … wir hatten deine Mutter ja nur ganz kurz gesehen und danach hat Sissi gemeint, dass …« Ich brach ab.

Himmel, wollte Sissi nicht auch mal was sagen? Endlich sprang sie mir bei: »Wir dachten, dass deine Eltern dir selbst davon erzählen sollten, Emma. Und wir waren uns ja auch überhaupt nicht sicher, verstehst du?«

»Nein!« Emma schüttelte den Kopf. »Nein, tut mir leid, das verstehe ich nicht! Das Einzige, was ich verstehe, ist, dass ich zum hundertsten Mal in meinem Leben behandelt worden bin wie ein Kleinkind! Meine Mutter ist schon Ende des vierten Monats!! Könnt ihr euch das vorstellen?!« Emma sah uns empört an. »Was glaubt ihr, wie unglaublich blöd ich mich gefühlt habe, als Mamas Bekannte merkte, dass ich keinen blassen Schimmer von dem Baby hatte! Sie hat sich x-mal entschuldigt und Mama ist abwechselnd rot und blass geworden. Wie ein begossener Pudel stand sie da und ich stumm daneben und es war alles so unglaublich –«

»... peinlich?«, fragte ich leise.

Emma nickte. Ihr Blick war plötzlich unendlich traurig.

»Versteht ihr das nicht? Andere Mütter, die beziehen ihre größeren Kinder doch mit ein, wenn sie schwanger sind, oder? Die freuen sich mit ihnen gemeinsam und lassen sich den Bauch streicheln und zeigen ihnen diese komischen verschwommenen Ultra-Dingsda-Bilder und überlegen zusammen Namen für das Baby und so weiter … Und ich, ich muss von einer fast Fremden auf der Straße erfahren, dass ich große Schwester werde! Ich meine, das ist doch wohl nicht zu fassen, oder?!« Emma schüttelte den Kopf. »Wann wollten meine Eltern mir wohl davon erzählen? Nach der Geburt? Hätten sie dann behauptet, der Klapperstorch habe mir gaaanz überraschend ein Geschwisterchen vorbeigebracht?! – Ach, und den dicken Bauch vorher hätten sie mir vermutlich damit erklärt, dass Mama aus Versehen einen Wasserball verschluckt hat!« Emma lachte. Aber es war kein gutes Lachen.

»Hast du deine Mutter denn gefragt, warum sie und dein Vater dich nicht früher eingeweiht haben?«, fragte Sissi.

»Natürlich hab ich das!«, nickte Emma. »Aber Mama hat nur irgendwelche albernen Ausreden gebracht. Angeblich hätten sie und Papa sich auch erst an den Gedanken gewöhnen müssen, noch mal Eltern zu werden, weil sie gar nicht mehr damit gerechnet hatten. Mama ist ja schon dreiundvierzig und sie hatte schon bei mir Probleme, schwanger zu werden.«

»Aber das könnte doch auch stimmen«, wandte ich ein.

»Tut es aber nicht!«, sagte Emma entschieden.

»Die Wahrheit ist, dass die beiden mich einfach nicht damit ›belasten‹ wollten, weil ich angeblich ja sooo empfindlich bin. Wahrscheinlich hatten sie Angst, dass ich eifersüchtig werde, weil ich bald nicht mehr ihre Einzige bin, ihr Augapfel. Na, all so ein Mist eben …«

»Das glaube ich einfach nicht«, sagte Sissi ruhig.

»Es ist aber so«, beharrte Emma. »Ich kenne meine Eltern besser als ihr! Und so ein Quatsch: Dass sie sich erst darauf einstellen mussten, noch ein Kind zu bekommen. ..! Klar, ein paar Tage vielleicht, das kann ich ja noch verstehen! Aber doch keine drei Monate!! Das ist doch völlig absurd!«

Mit Emma schien in diesem Punkt nicht zu reden zu sein. »Freust du dich denn nicht auch ein bisschen auf das Baby?«, wechselte ich das Thema.

Schließlich hatte Emma Sissi immer um ihre kleinen Geschwister beneidet. Sie war ganz versessen darauf, mit Mats und Tilda zu spielen oder sie auf den Schoß zu nehmen. Ich selber fand die Zwillinge ja auch süß, aber nach einer Weile nervten sie mich dann meistens doch ein bisschen. Emma hingegen hatte immer eine Engelsgeduld mit den beiden.

Emma zuckte die Schultern. »Ich weiß nicht, ob

ich mich freue. Im Moment bin ich total durcheinander. Ich kann das alles noch gar nicht fassen.«

»Und wann kommt das Baby?«, fragte Sissi.

»So in fünf Monaten, glaube ich«, antwortete Emma, »Mitte September.«

»Aber dann habt ihr doch noch genug Zeit, euch darauf einzustellen, du und deine Eltern«, meinte ich. »Das war jetzt ein Schock, klar. Wie du es erfahren hast und so. Aber ich bin sicher, am Ende wirst du die begeistertste und verliebteste große Schwester, die die Welt je gesehen hat!«

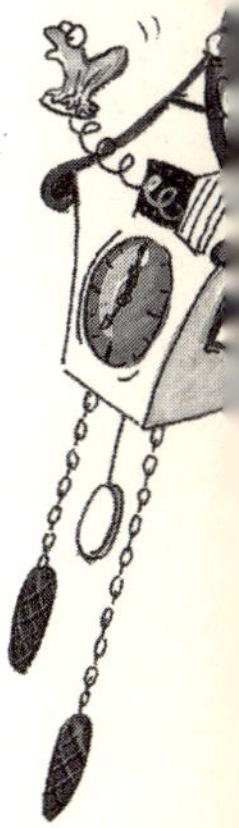

»Das glaube ich auch«, bekräftigte Sissi. »Wahrscheinlich wirst du uns Tag und Nacht erzählen, wie unglaublich süüüüüß das Kleine ist: die rosigen Bäckchen, das Lächeln, die Löckchen, die Händchen …«

»Bis es uns zu den Ohren rauskommt!«, nickte ich. »Wetten?«

»Wenn ihr meint.« Emma versuchte ein Lächeln. Aber so richtig gelang es ihr nicht.

»Hier hast du aber jetzt echt übertrieben!«, sagt Emma mit Blick auf mein Skript.

»Kein bisschen«, sage ich und rücke die Lilienthalschen Kuchenstückchen auf dem Teller zurecht. »Eher im Gegenteil.«

»Quatsch!«, behauptet Emma. »Das alles habe ich so gar nicht gesagt.«

»Hast du wohl. Sissi ist meine Zeugin!«

»Sissi?« Erwartungsvoll schaut Emma zu ihr hinüber.

Sissi lässt sich Zeit mit ihrer Antwort. »Tut mir leid, Emma! Diana hat Recht. Es ist die Wahrheit, nichts als die Wahrheit.«

Sag ich doch.

Als Sissi und Emma endlich gingen, hatte Mama die Küchenschränke natürlich schon wieder fertig eingeräumt. Ich war ihr wirklich dankbar, dass sie uns nicht gestört hatte, nicht darauf beharrt hatte, dass ich ihr helfe oder so. Aber Mama weiß ja, dass ich normalerweise zuverlässig bin. Heute war Emmas Notfall eindeutig vorgegangen. Das hatte auch Mama verstanden.

»Was ist denn los?«, fragte sie, nachdem ich Emma und Sissi zur Tür gebracht hatte. »Willst du es mir erzählen?«

Oh ja, das wollte ich.

Schließlich war die Schwangerschaft von Emmas Mutter jetzt kein Geheimnis mehr, oder? In ein paar Wochen, wenn sich ihr Bauch immer mehr rundete, würde es ohnehin jeder wissen.

Also erzählte ich Mama die ganze Geschichte. Von Emmas Andeutungen, von dem seltsamen Verhalten ihrer Eltern, von Sissis Vermutung und auch davon, wie alles herausgekommen war.

»Oje«, seufzte Mama. »Wie schade, dass Emma auf diese Weise von dem Baby erfahren musste! Aber für ihre Mutter war die Situation bestimmt noch viel schlimmer.«

Das fand ich nun nicht. »Warum denn?«, fragte ich. »Wenn ihre Mutter Emma früher von dem Baby erzählt hätte, wäre das alles schließlich gar nicht passiert.«

»Stimmt schon, aber …« Meine Mutter schien zu zögern. »Ich weiß nicht, ob du das schon verstehen kannst, Diana. Aber manchmal brauchen werdende Eltern sehr lange, bis sie innerlich akzeptieren können, dass sie ein Baby bekommen.«

»Klar verstehe ich das!«, nickte ich. Also bitte, was dachte Mama denn von mir?! Schließlich bin ich ja nicht blöd. Ich weiß natürlich, dass manche Frauen ungewollt schwanger werden und sich nicht darüber freuen. Mädchen, die sich noch zu jung für ein Baby fühlen, die kein Geld haben oder so. Aber all das war ja bei Emmas Eltern nicht der Fall. Emmas Papa verdiente genug Geld, und Emmas Mutter war Hausfrau. Sie hatte damals, während Emmas langer Krankheit, ihren Beruf an den Nagel gehängt. Und danach nicht wieder angefangen zu arbeiten. Sie schien sich als Hausfrau wohlzufühlen. Und in der Wohnung war auch

genug Platz. Es war doch alles perfekt für ein Baby!

Mama hatte sich an den Küchentisch gesetzt und schenkte uns beiden Apfelschorle ein. »Weißt du, Diana, am Anfang einer Schwangerschaft verändert sich nicht nur der Körper einer Frau«, erklärte sie mir dann, »auch die Seele muss sich erst mal darauf einstellen, dass jetzt etwas Neues geschieht. Etwas, das das ganze Leben verändern wird. Und diese unwiderrufliche Veränderung macht manchen Schwangeren Angst.« Mama schien zu überlegen, wie sie mir das Ganze besser vermitteln sollte. Schließlich sprach sie weiter. »Selbst Frauen, die sich vorher ganz doll ein Kind gewünscht haben, fürchten dann plötzlich die große Verantwortung. Manche haben Angst vor den durchwachten Nächten, die auf sie zukommen, vor der Kraft, die das Baby kosten wird. All so was eben. Und das kann erst mal Gefühle auslösen, die die Freude auf das Baby überdecken oder schmälern.«

Ich dachte einen Moment nach. »Und du meinst, so könnte das auch bei Emmas Mutter sein?«

»Das weiß ich natürlich nicht.« Mama zuckte die Achseln. »Aber es würde erklären, warum sie und Emmas Papa ihr erst mal nichts von dem Baby erzählt haben. Vielleicht fürchtete Emmas Mutter ja tatsächlich, dass Emma eifersüchtig reagieren könnte oder ablehnend. Weißt du, Diana, wenn man sich selber unsicher fühlt, fürchtet man, mit den Ängsten anderer gar nicht mehr fertigzuwerden.« Mama sah mich fragend an. »Verstehst du in etwa, was ich meine?«

»Ich glaube schon.« Ich nickte langsam. »Aber Emma ist fest davon überzeugt, dass es mit ihr selbst zusammenhängt. Dass ihre Eltern sie immer noch als Kleinkind betrachten und ihr deshalb nichts von dem Baby erzählt haben.«

»Das kann ich mir nicht vorstellen«, sagte Mama. Sie nahm sich eine Banane aus der Obstschale und begann sie zu schälen. »Willst du auch eine?«

Ich schüttelte den Kopf. »Aber warum hat ihre Mutter das Emma nicht einfach erklärt?«, fragte ich weiter. »Das mit den Ängsten. So wie du mir eben auch.«

Mama überlegte. »Möglicherweise hat Emma ihr ja gar nicht richtig zugehört. Aber vielleicht fällt es Emmas Mutter auch sehr schwer, über ihre Gefühle zu sprechen. Weißt du, viele Eltern denken, dass sie ihren Kindern gegenüber immer stark sein müssen und nicht zeigen dürfen, wenn sie selber mal ängstlich oder unsicher sind. Und ich glaube, Emmas Mutter ist nicht der Typ, der mit allem gleich herausplatzt. In der Beziehung sind die Menschen eben sehr unterschiedlich.«

»Da bin ich aber froh, dass du das kannst«, sagte ich aufatmend. Ich sprang auf und gab Mama einen Kuss auf die Wange. »Über deine Gefühle sprechen, meine ich.«

Mama schlang ihre Arme um mich und hielt mich einen Moment lang ganz fest. »Und ich bin froh, dass ich eine so verständige große Tochter habe wie dich.« Sie lächelte mir aufmunternd zu. »Vielleicht müsst ihr, Sissi und du, Emma in nächster Zeit helfen, die Dinge auch mal anders zu sehen. Damit helft ihr auch ihrer Mutter. Und dann wird alles gut. Spätestens wenn das Baby da ist.«

»Meinst du wirklich?«, fragte ich zweifelnd.

»Ganz bestimmt.«

Aber in den nächsten Tagen machte Emma Sissi und mir klar, dass sie nicht über das Baby sprechen wollte. Im Moment jedenfalls nicht. Jedes Mal, wenn wir mit dem Thema anfingen, unterbrach sie uns abrupt. Es blieb Sissi und mir gar nichts anderes übrig, als Emmas Schweigen zu akzeptieren. Offensichtlich war sie jetzt diejenige, die Zeit brauchte. Statt sich auf ihre Rolle als große Schwester vorzubereiten, stürzte Emma sich mit wahrem Feuereifer auf ihre Rolle in »Hans im Glück«. Sie meldete sich freiwillig zu Leseproben, machte Vorschläge für die Ausstattung, ja, sogar für die Musik, die jede neue Szene einleiten sollte.

Ich atmete auf. Insgeheim hatte ich schon befürchtet, dass Emma vor lauter Frust alles hinwerfen könnte, um sich in ihr Schneckenhaus zu verziehen. Das war Emma nämlich durchaus zuzutrauen. Aber anscheinend hatte ich mich getäuscht. Zum Glück.

Durch die unverhoffte Baby-Nachricht und Emmas heftige Reaktion darauf war mein Plan, ein eigenes Projekt für das Schulfest zu entwickeln, in den Hintergrund gedrängt worden. Aber das sollte sich bald ändern.

»Ich weiß jetzt, was wir machen!«, verkündete Sissi triumphierend, als sie mich ein paar Tage später in ihr winziges Prinzessinnen-Zimmer führte. Wir wollten erste Ideen für das Werbeplakat zu »Hans im Glück« sammeln. Jo, der angeboten hatte, uns zu helfen, war auch schon da. Oh, er hatte Sissi und mir sogar Himbeer-Smoothies mitgebracht, eine der Spezialitäten des Coffeeshops seiner Mutter. Aber ehrlich gesagt wäre ich heute lieber mit Sissi allein gewesen. Ich hatte nur nicht so richtig gewusst, wie ich das den beiden beibringen sollte. Also schwieg ich und ermahnte mich innerlich, nicht so kleinlich zu sein. Schließlich war Jo echt nett und bei Weitem nicht so eine Nervensäge wie beispielsweise Kevin. Aber wenn ich Sissi und Jo so nebeneinander auf Sissis plüschigem Prinzessinnenbett hocken sah, wie sie sich verzückt anlächelten und an ihren Himbeer-Smoothies nippten, kam ich mir ein bisschen überflüssig vor. Aber da musste ich wohl jetzt durch.

»Na, da bin ich ja mal gespannt, Sissi«, sagte ich. »Was hast du denn für eine Idee?«

»Also, ich hab gestern ferngesehen«, begann Sissi.

Das war nun schon mal höchst ungewöhnlich. Da Prinzessin Amalie Severine Lilienthal technischen Krimskrams jedweder Art nach Möglichkeit ignorierte, saß sie nur höchst selten vor dem Fernseher. Was manchmal schade war, weil man sich nie mit ihr über mehr oder minder dramatische Ereignisse in kitschigen Vorabend-Soaps austauschen konnte.

»Also, passt auf«, fuhr Sissi fort, während sie ihren Smoothie zur Seite stellte. »Ich habe eine Reportage gesehen über einen Typen in den USA, der nur durch Tauschen zum Millionär geworden ist.«

So, so … hmm. Ich hatte nicht den blassesten

Schimmer, wie diese Geschichte zu unserer Prinzessinnenclub-Aktion führen sollte.

»Und wie hat er das gemacht?«, erkundigte ich mich.

Sissi schob ihre Locken nach hinten. »Ganz einfach: Er hat einen Kugelschreiber genommen, ist damit zu seinem Nachbarn gegangen und hat den Kuli gegen ein Buch getauscht. Es war ein neues Buch, aber der Nachbar kannte es schon und wollte es loswerden.«

Jo und ich wechselten einen verwirrten Blick. Was bitte schön sollte diese Story?

»Ja, und dann?«, fragte Jo schließlich.

»Dann hat er das Buch des Nachbarn bei jemand anders gegen einen Tischstaubsauger eingetauscht.«

»Mama sagt immer, Tischstaubsauger seien das überflüssigste Haushaltsgerät überhaupt«, warf ich ein.

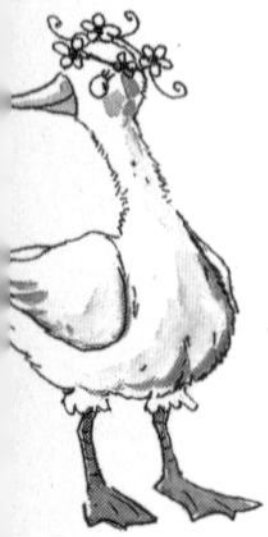

»Das fand der Mann auch«, lächelte Sissi. »Deshalb tauschte er den Mini-Staubsauger wiederum ein, dieses Mal gegen eine Vase, die dessen Besitzer hässlich fand.«

»Lass mich raten«, sagte ich. »Dann tauschte er die Vase bei einem weiteren Nachbarn gegen einen … äh … Feuerlöscher ein?«

Sissi schüttelte den Kopf. »Nein, er stellte sie ins Internet und bot sie dort zum Tausch an. Tatsächlich fand sich jemand, der die Vase ganz toll fand und dem Typ dafür ein Fahrrad anbot, das er bei einem Preisausschreiben gewonnen hatte.«

»Und so ging das dann immer weiter?«, fragte Jo ungläubig.

Sissi nickte. »Jedenfalls wurde es in der Fernsehsendung so dargestellt. Dieser merkwürdige Handel funktionierte natürlich auch dadurch, dass irgendwann die Medien aufmerksam wurden und anfingen, über den Mann und seine Tauscherei zu berichten.«

Sissi griff wieder zu ihrem Saftbecher und nahm einen großen Schluck, bevor sie weitersprach. »Da bekanntlich viele Leute davon träumen, wenigstens einmal im Leben ihre Nase vor eine Fernsehkamera zu halten, nahm das Interesse an der Aktion blitzschnell enorm zu. Die Geschichte wurde im ganzen Land bekannt. Und bald konnte sich der Mann vor Tauschangeboten kaum noch retten …«

»… und die Gegenstände, die er tauschte, wurden immer wertvoller«, ergänzte ich. »Stimmt's?«

»Ganz genau«, bestätigte Sissi, »die Kette der Tauschpartner und Tauschgegenstände wurde länger und länger. Irgendwann hatte er einen wertvollen Wagen, einen Lamborghini, glaube ich. Und den tauschte er gegen ein tolles Haus ein. Dann beendete er die Aktion.« Sissi verschränkte die Arme und sah uns erwartungsvoll an. »Vom Kuli zum Traumhaus! Das müsst ihr euch mal vorstellen! Ist das nicht sensationell?«

»Ja, ja, schon«, nickte ich. »Aber was hat diese Geschichte mit dem Prinzessinnenclub zu tun?«

Sissi tippte sich vielsagend an die Stirn. »Erst mal hat es doch ganz viel mit ›Hans im Glück‹ zu tun!«

»Mit ›Hans im Glück‹??« Auch Jos Gesicht war ein einziges Fragezeichen.

Sissi wurde langsam ungeduldig. »Na klar! Seht ihr denn nicht, dass dieser Typ auch eine Art Hans im Glück ist? Er hat den Tauschhandel nur umgedreht! Er hat mit einem ganz einfachen Gegenstand angefangen und so lange weitergetauscht, bis er dann ganz am Ende etwas sehr Wertvolles besaß.«

So langsam ging mir ein Licht auf. »Okay, das habe ich verstanden! Aber ich weiß immer noch nicht, wie wir diese Geschichte für uns nutzen können …«

»Ich glaube, ich habe es jetzt kapiert!« Jo wedelte aufgeregt mit den Armen. »Sissi meint, wir sollen selber einen solchen Tauschhandel auf die Beine stellen, oder?«

»Bingo, na endlich!« Sissi hob den Daumen. »Ich dachte schon, ihr schnallt es nie! – Passt auf, ich habe mir das so vorgestellt: Wir sammeln ein paar neuwertige Sachen, die wir oder unsere Eltern nicht mehr brauchen. Zum Beispiel …«

»Einen Kugelschreiber?«, bot ich an. »Oder ein Buch oder eine Vase?«

»So was in der Art«, bestätigte Sissi. »Und dann gehen wir damit herum und versuchen diese Dinge zu tauschen.«

»Und wie soll das gehen?«, fragte Jo. »Willst du wildfremde Menschen auf der Straße ansprechen?«

»Ja, zum Beispiel«, sagte Sissi. Nachdenklich legte sie einen Finger an die Nase. »Hmm … nein, die haben ja vermutlich nichts Interessantes dabei, höchstens eine Packung Kaugummi, einen Lippenstift oder eine Zeitung. Das wird nicht viel bringen. Ah, aber wir können zu Nachbarn gehen oder auf den Markt oder in Geschäfte! Dort stellen wir unsere Aktion kurz vor und beginnen zu tauschen.«

»Und du glaubst, dass das funktioniert?« Ich war noch nicht überzeugt.

Sissi umso mehr: Sie nickte eifrig. »Na klar! Schaut mal, früher, als es noch kein Geld gab, sind doch alle Geschäfte so abgelaufen. Es gab gar nichts anderes als Tauschhandel.« Sissi griff zu Block und Stift. »Ich mache mir lieber ein paar Notizen, sonst vergessen wir die Hälfte. Also: Wir würden natürlich einen Brief von Frau Hasemann brauchen, eine Art offizielle Bescheinigung über unsere Aktion. Da müsste drinstehen, woher wir kommen und wem unsere Tausch-Aktion zugutekommt, sonst denken die Geschäftsleute noch, dass wir die getauschten Sachen selbst behalten oder verhökern.«

Jo hatte Sissi aufmerksam zugehört. Jetzt schaltete er sich wieder ein.

»Ja, aber das ist doch genau der Knackpunkt, Sissi: Was machen wir mit den Sachen, die wir am Schluss dann haben? Wir können doch kein Sammelsurium von irgendwelchen Gegenständen spenden.«

»Jo hat recht, das geht nicht«, sagte ich. »Wir müssten die Sachen wieder zu Geld machen. Aber wie …?« Ich überlegte – und plötzlich hatte ich es! Triumphierend sah ich Sissi und Jo an.

»Ganz einfach: Wir könnten alles versteigern! Auf dem Schulfest! Direkt nach der ›Hans-im-Glück‹-Aufführung!«

»Super-Idee, Diana!« Jo nickte mir anerkennend zu. »Bei einer Versteigerung würde sicher eine ganze Stange Geld zusammenkommen!«

Auch Sissi war begeistert.

Und jetzt hatten wir einen Plan: Beim diesjährigen Schulfest sollte es nicht nur eine »Hans-im-Glück«-Aufführung, sondern auch eine »Hans-im-Glück«-Versteigerung geben. Wenn das keine tolle Idee war!

Dieses Mal ist es zur Abwechslung Sissi, die mich vorwurfsvoll anschaut. »Warum hast du denn nichts gesagt?«

Bitte? Was meint sie denn jetzt?

»Dass du Jo gar nicht dabeihaben wolltest«, erklärt Sissi. Sie versucht cool zu tun, aber sie ist verletzt, das spüre ich ganz genau.

Ich fühle mich wie eine Sprengstoff-Expertin auf einem Minenfeld. Wenn ich jetzt etwas Falsches sage, verschließt sich Sissi doch garantiert wie eine Auster. »Na ja, ich … ich habe nichts gegen Jo, das weißt du ja. Aber diese Schulfest-Aktion sollte ja eigentlich eine Sache des Prinzessinnenclubs werden, oder? So hatten wir es jeden-

falls mal verabredet.« Ich kann nicht verhindern, dass meine Stimme eine Spur vorwurfsvoll klingt.

»Das stimmt«, gibt Sissi schließlich zu. »Aber wir drei Prinzessinnen hätten das doch gar nicht alleine geschafft, Diana! Du weißt doch, wie sehr Emma in dieser Zeit mit den Theaterproben beschäftigt war. Da brauchten wir Jo als Verstärkung.«

»Mag ja sein. Aber wir hätten darüber reden müssen«, beharre ich.

Wir verloren keine Zeit.

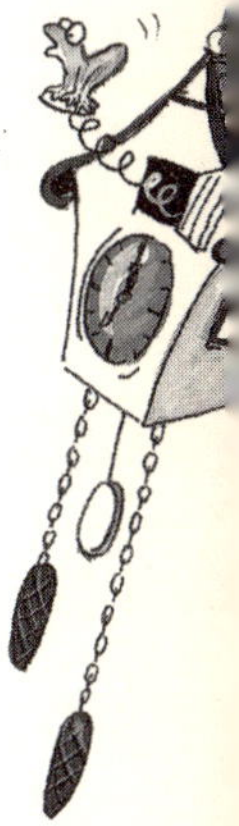

Gleich am nächsten Tag trugen Jo, Sissi und ich unsere Tauschbörsen-Idee der Klasse vor. Emma hatte ich noch am Vorabend angerufen, um ihr unseren Plan zu unterbreiten – und auch sie war begeistert.

Wir hatten Sissi dazu auserkoren, die Tausch-Aktion der Klasse vorzustellen. Schließlich brauchten wir die Unterstützung der anderen, vor allem aber die von Frau Hasemann.

Unsere Lehrerin hatte Sissi aufmerksam zugehört. Jetzt nickte sie. »Erst mal finde ich es sehr schön, dass ihr euch so viele Gedanken gemacht habt. Euer Vorschlag ist in der Tat originell. Aber wir dürfen die Arbeit, die das Ganze machen würde, nicht unterschätzen.« Frau Hasemann sah Sissi und mich fragend an. »Wärt ihr denn bereit, die Haupt-Organisatoren dieser … nennen wir sie mal Hans-im-Glück-Tauschbörse zu sein?«

Sissi und ich wechselten einen kurzen Blick,

dann nickten wir. Wer A sagt, muss schließlich auch B sagen, oder?

»Gut!« Frau Hasemann lächelte. »Dann werde ich mit Herrn Dr. Knüsen darüber sprechen. Eine solche Aktion braucht die Einwilligung des Schulleiters. Schließlich würden wir der Tauschbörse mindestens einen Unterrichtstag opfern müssen. Und vorher müssten wir uns genau überlegen, wie wir vorgehen, damit die Geschäftsleute nicht genervt sind, sondern gerne beim Tauschen mitmachen.«

Sissi und ich nickten eifrig. Wie es aussah, hatten wir Frau Hasemann bereits auf unserer Seite! Das war das Wichtigste. Und die meisten unserer lieben Mitschüler hatten schon bei der vagen Aussicht auf einen unterrichtsfreien Tag Lust auf die Tauschbörse bekommen.

Wie versprochen, machte Frau Hasemann Nägel mit Köpfen. Schon am nächsten Tag lag die Einwilligung des Schulleiters vor.

Super, jetzt konnten wir loslegen! Es juckte mir förmlich in den Fingern. Und ich hatte das Gefühl, viele andere wären ebenfalls am liebsten gleich nach Hause gerannt, um ihre zerlesenen Bücher oder ausrangierten Puzzle-Spiele bei gutgläubigen Nachbarn gegen Top-Computerspiele oder Spielkonsolen einzutauschen.

Aber genau das wollte Frau Hasemann nicht. »Bitte denkt daran: Wir machen keinen Flohmarkt! Bei unserer Tauschbörse geht es nicht darum, möglichst viele gebrauchte Sachen zusammenzutragen und irgendwie zu verkaufen. Unser Ziel ist es, neuwertige Gegenstände gegen Wertvolleres zu tauschen und diese wieder zu tauschen. Bis wir am Schluss einige wirklich schöne Sachen beisammenhaben, die sich für die Versteigerung eignen. Das dürfen insgesamt nicht mehr als dreißig, höchstens vierzig Gegenstände sein, sonst dauert die Versteigerung zu lange und die Leute verlieren das Interesse. Also: Qualität und Originalität statt Masse!«

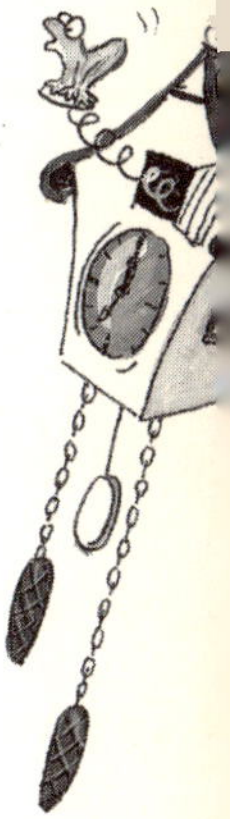

Sissi, Jo und ich bekamen von Frau Hasemann den Auftrag, einen ersten Ablaufplan für die Organisation der Tauschbörse zu entwickeln. Aber auch Emma wollte mitmachen.

»Hast du denn dafür noch Zeit?«, fragte Sissi zweifelnd. »Ich meine nur, wegen des Theaterstücks.«

»Keine Sorge, das kriege ich schon hin«, sagte Emma verschnupft. »Oder wollt ihr mich etwa nicht dabeihaben?«

»Quatsch!« Ich puffte Emma liebevoll in die Seite. »Wir freuen uns doch, wenn du mitmachst!

Aber du sollst auch genug Zeit haben für deine Rolle und … für …äh … na ja, für andere Dinge.«

Emma warf mir einen schiefen Blick zu. »Wenn du damit meine Mutter und ihre Schwangerschaft meinst, keine Sorge: Ich begleite sie demnächst sogar zu ihrer Frauenärztin.«

Verblüfft schaute ich Emma an. Ups, das waren ja ganz neue Töne!

»Zur Frauenärztin? Wieso? Stimmt etwas nicht?«, schaltete sich Sissi besorgt ein.

Emma schüttelte den Kopf. »Nein, es ist nur eine ganz normale Kontrolluntersuchung mit Ultraschall. Mama meint, jetzt, Anfang des fünften Monats kann man das Baby schon ganz deutlich sehen, mit Armen und Beinen und Herzschlag und allem.«

»Wirklich?«, staunte ich. »Boah, das ist bestimmt total aufregend! Du musst uns hinterher alles genau erzählen.«

»Klar erzähle ich euch davon!« Täuschte ich mich, oder huschte da ein allererster zarter Anflug von Große-Schwester-Stolz über Emmas Gesicht? Ich musste schlucken. Ach, es wäre so schön, wenn Emma sich bald zusammen mit ihren Eltern auf das Baby freuen könnte! So wie sie es getan hätte, wenn alles normal gelaufen wäre. Himmel, Emma hatte sich doch immer Geschwister gewünscht! Sie würde garantiert die beste große Schwester sein, die man sich nur vorstellen konnte.

Ich legte Emma den Arm um die Schultern. »Weißt du, dass ich dich ein bisschen beneide? Ich meine, weil du das alles jetzt so hautnah mitbekommst: wie das Baby im Bauch deiner Mutter wächst, wie es strampelt, wie es geboren wird und –«

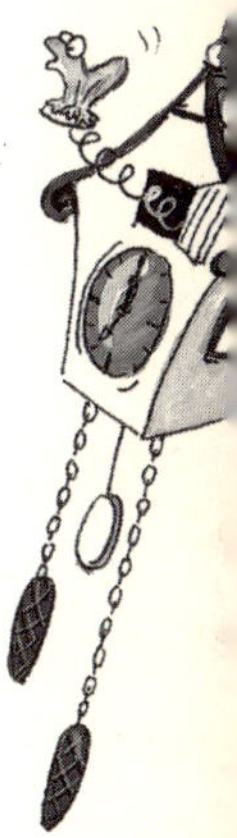

»Na, bei der Geburt werde ich wohl kaum dabei sein«, entgegnete Emma. »Das übernimmt natürlich Papa.«

»Trotzdem«, sagte ich. »Du wirst vieles miterleben und dich später daran erinnern können. Weil du selber eben kein Kleinkind mehr bist. Ist das nicht toll?«

Emma nickte.

Einen Moment lang überlegte ich. Sollte ich Emma jetzt fragen, ob sie sich mit ihrer Mutter ausgesprochen hatte? Ob sie noch böse auf ihre Eltern war, weil sie ihr so spät von dem Baby erzählt hatten? Ich zögerte. – Nein, lieber nicht. Von meiner Oma Gerdi hatte ich gelernt, dass es manchmal besser ist, nicht an Dinge zu rühren oder auf gut Glück in Wunden herumzustochern. Was natürlich nicht heißt, dass man Probleme unter den

Teppich kehren soll. Aber manches braucht eben Zeit. Wenn Emma mit Sissi und mir reden wollte, würde sie das schon tun. Schließlich sind wir drei Freundinnen. Gute Freundinnen. Die besten auf der Welt.

»Ach, das hast du aber schön geschrieben, Diana!« Emma ist gerührt. »Und dein Gefühl war ganz richtig.« Sie lächelt leise. »Damals wollte ich nicht reden. Ich wollte nur spüren, dass ihr beide für mich da seid.«

»Das waren wir«, sage ich.

»Und daran wird sich auch nie etwas ändern«, ergänzt Sissi.

Das sind ja ganz neue Sitten.

Seit wann lasst ihr denn beim Treffen des Prinzessinnenclubs auch Jungs zu?«, neckte mich Mama, als ich ihr erzählte, dass ich am Nachmittag nicht nur Sissi und Emma, sondern auch Jo erwartete.

Ich zog eine Grimasse. »Seitdem wir jede Unterstützung brauchen können. Jo soll verhindern, dass Kevin und Co. versuchen, ihre abgegrabbelten Teddybären in irgendwelchen Edel-Boutiquen gegen 500-Euro-Lederjacken zu tauschen.«

Mama lachte. »Na, dann viel Glück!«

Natürlich hatte ich meine Eltern auch schon bestürmt, etwas für unsere Tauschbörse zu spenden. Mama war bereitwillig in die Untiefen unserer alten Kommode abgetaucht und fündig geworden. Daher konnte ich meinen Mitstreitern heute als Erste ein Tauschobjekt präsentieren.

»Eine Kuckucksuhr!«, kreischte Sissi begeistert. »Wahnsinn! So ein Teil wollte ich schon immer haben!«

Ich sah Sissi an, als sei sie nicht ganz richtig im Kopf. »Wie bitte? Das Ding ist doch total kitschig! Meine Eltern haben die Uhr zur Hochzeit bekommen und noch nie irgendwo aufgehängt.«

»Verstehe ich nicht! Ich liiiiebe Kuckucksuhren!« Verzückt starrte Sissi auf die dunkelbraune Uhr mit dem roten Dach und den winzigen geschnitzten Figuren.

»Ich würde sie dir ja schenken«, sagte ich, »aber –«

»Nein, nein, kommt gar nicht infrage!«, winkte Sissi energisch ab. »Die eignet sich prima zum Tauschen. Von meinen Eltern bekommen wir übrigens eine alte Backform. Sie sieht wunderschön aus. Fast antik, sagt Mama.«

»Prima! Und Frau Puppel und Frau Blümlein spenden sicher auch etwas, das wir tauschen können«, meinte Emma. »Ich denke, dass die beiden ein schönes altes Stehrümchen spenden, eine Milchkanne oder eine Gebäckschale oder so.«

»Jetzt lasst uns aber mal überlegen, wie wir vorgehen wollen«, sagte ich. Schließlich sollten wir heute ein richtiges Konzept erstellen. Schritt für Schritt. »Also, wir sind 25 Leute in der Klasse. Angenommen jeder bringt einen Tauschgegenstand mit, dann –«

»Das wird nicht klappen«, unterbrach mich Sissi. »Irgendwelche Nasen vergessen das sowieso oder haben keine Lust nachzudenken oder was auch immer.«

»Kein Problem, dann besorgen wir vier eben ein paar Tauschobjekte mehr«, sagte ich. »Okay, und wenn wir genug zusammenhaben, wie geht's dann weiter?«

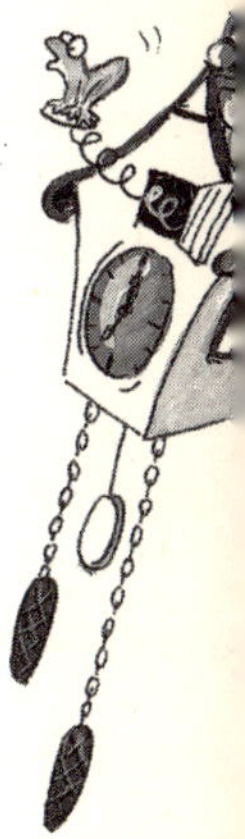

»Frau Hasemann hat ja gesagt, dass sie uns in die Stadt begleitet«, sagte Sissi. »Sie wird dann bei uns im Café so eine Art Zentrale einrichten, und wir ziehen mit unseren Tauschsachen los, auf den Wochenmarkt und in die Geschäfte.«

»E-e-etwa a-allein?«, stotterte Emma. Ihr Gesicht nahm bereits wieder die vertraute tomatenrote Farbe an. »Tut mir leid, aber wenn ich mir nur vorstelle, dass ich mit einer Kuckucksuhr unterm Arm vor irgendeiner arroganten Luxusklamotten-Verkäuferin mein Tauschbörsensprüchlein aufsagen soll, kriege ich jetzt schon weiche Knie. Das ist doch echt voll –«

»Peinlich?«, fragte ich.

Emma nickte.

»Kann ich verstehen«, sagte Sissi. »Die Verkäuferinnen in diesen Edel-Läden sind wirklich manchmal ätzend. Wie die ihre blöden Klamotten hüten, als wären es die Kronjuwelen …! Immer tun sie so, als hätte man nichts Besseres zu tun, als mit Schoko-Eis-Fingern auf ihren weißen Blusen herumzutatschen! Nein, ich denke, wir ziehen zusammen los, zu dritt oder zu viert.«

»Dann ist gut!« Emma atmete erleichtert auf.

»Und wir sollten uns auf verschiedene Straßen verteilen«, warf Jo ein. »Damit wir nicht mehrmals in dieselben Geschäfte gehen. Das würde die Verkäufer nämlich mit Sicherheit nerven!«

»Stimmt, das ist wichtig!« Ich machte mir eine Notiz. Puh, an was wir alles denken mussten! »Wichtig ist auch, dass wir uns beim Tauschen nicht verschlechtern.« Ich grinste. »Sonst geht es uns am Ende tatsächlich wie Hans im Glück: Wir ziehen mit einem Goldklumpen los und kommen mit einer Tüte Gummibärchen nach Hause.«

Jo nickte. »Stimmt, auch deswegen ist es besser, wenn wir immer zu mehreren unterwegs sind.« Er wandte sich an Sissi und lächelte. »Zusammen sind wir stärker.«

»Das sowieso.« Sissi strahlte ihn an.

»Hast du gesehen, wie Sissi Jo angesehen hat?«, fragte ich Emma später empört. »Zusammen sind wir stärker – Das sowieso …!«, äffte ich die beiden nach. »Diese Turteltäubchen-Tour geht mir langsam auf die Nerven! In Jos Nähe ist Sissi manchmal echt nicht wiederzuerkennen. Findest du nicht auch?«

Emma zuckte die Achseln. »Also, ich finde das nicht so schlimm, Diana! Durch den Coffeeshop und ›Lilienthal‹ haben die beiden eben viel gemeinsam.«

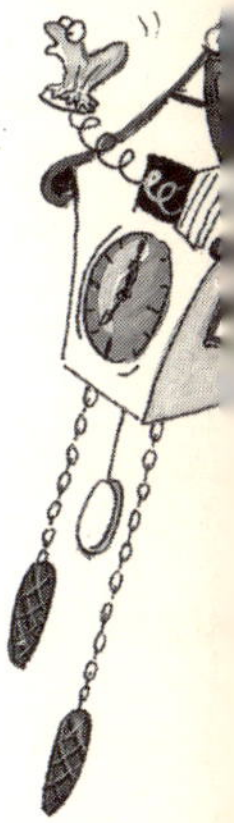

Ich verschränkte die Arme. »Mir wird das jedenfalls zu viel. Wir sind doch ein Prinzessinnenclub! Bisher war Sissi immer diejenige, die uns daran erinnert hat. Und jetzt … jetzt lässt sie uns im Stich!«

»Also, nun spinnst du aber wirklich!«, sagte Emma energisch.

Ich seufzte. Stimmt, das ging zu weit. »Hättest du denn irgendwann mal wieder Zeit?«, fragte ich Emma.

Sie überlegte. »Morgen muss ich zum Kieferorthopäden.«

»Und übermorgen?«

Auf Emmas Wangen erschienen zwei kleine rote Flecken. »Also, ehrlich gesagt, Diana, da bin ich mit Kevin verabredet. Weißt du, er hat ja so wahnsinnig viel Text zu lernen. Und … äh … deshalb habe ich versprochen, ihn ab jetzt regelmäßig abzuhören.«

»Regelmäßig?«, echote ich. »Was soll denn das heißen?«

»Na, so oft er mich eben braucht«, erklärte Emma verlegen. »Nur bis zur Aufführung natürlich! Du, die ist ja schon in acht Wochen.«

In acht Wochen.

Na toll!

Sissi blickt von meinem Manuskript auf. »Du warst eifersüchtig, Diana!«

»Quatsch!«

»Doch! Du warst eifersüchtig!«, wiederholt Sissi.

Na gut, vielleicht.

Ein klitzekleines bisschen.

Natürlich war ich es, die letztlich das Konzept für die Tauschbörse schrieb. Die anderen waren ja sooo beschäftigt. Ich fand, ich hatte meine Sache ziemlich gut gemacht. Frau Hasemann lobte uns jedenfalls über den grünen Klee, um uns direkt danach einen gehörigen Dämpfer zu versetzen. Statt wie erwartet in den nächsten Tagen geeignete Tauschgegenstände zu sammeln, zu begutachten und dann damit loszuziehen, sollten wir uns gedulden.

»Ich kann gut verstehen, dass ihr am liebsten gleich loslegen würdet«, erklärte Frau Hasemann. »Aber ich habe gesehen, dass ihr in den nächsten zwei Wochen vier Klassenarbeiten schreibt: Mathe, Biologie, Englisch und Kunst. Ihr müsst Zeit haben, euch darauf vorzubereiten. Sonst bekomme ich Ärger mit meinen Kollegen und euren Eltern.« Frau Hasemann lächelte. »Auch wenn wir auf das Schulfest hinarbeiten, geht der Unterricht vor. Das müsst ihr verstehen.«

»Und was ist mit den Proben für das Theaterstück?«, fragte Serena enttäuscht.

»Die setzen wir natürlich fort«, beruhigte uns Frau Hasemann. »Wenn auch erst mal nicht mehr ganz so intensiv wie bisher.« Sie schaute in die Runde. »Keine Sorge, wir sind schon ziemlich weit gekommen. Es ist sogar besser, wenn sich das, was ihr euch bisher erarbeitet habt, ein bisschen setzen kann. Außerdem: Nach den Klassenarbeiten ist die Parallelklasse vermutlich auch mit den Masken und Kostümen weiter. Dann können wir die Tier-Darsteller festlegen und endlich alle Beteiligten in die Proben einbinden.«

Sissi und ich wechselten einen Blick. Na super, wahrscheinlich würden wir letztlich doch noch dazu verdonnert werden, die Hinterteile von Schwein und Kuh zu spielen!

Es half nichts: In der nächsten Zeit war pauken angesagt! Englisch und Bio bekam ich ja noch halbwegs hin. Obwohl wir in Bio vermutlich ziemlich viel Stoff aufholen mussten. Die Tatsache, dass unser Bio-Lehrer, Herr Dickefett, uns lieber lustige Geschichten aus seinem Leben erzählte, als uns den Lehrstoff nahezubringen, hinderte ihn leider nicht daran, uns später exakt diesen Stoff abzufragen. Da musste ich also noch was tun. Kunst war kein Problem, aber Mathe … oje! In Algebra und Geometrie war ich echt keine Leuchte und Sissi schon gar nicht. Zum Glück konnte uns hier Emma helfen. Weil sie die Klasse ja schon zum zweiten Mal machte, kam sie in Mathe ganz gut klar. Außerdem besaß sie wirklich eine Engelsgeduld, wenn Sissi und ich wieder nur Bahnhof kapierten, was bei uns in Mathe der Normalzustand war.

Aber irgendwann hatten wir es geschafft. Die letzte Klassenarbeit lag glücklich hinter uns und ich genoss das beruhigende Gefühl, Mathe zumindest nicht komplett in den Sand gesetzt zu haben. Zur Feier des Tages brachte Emma Sissi und mir die neuesten Ultraschall-Bilder ihres werdenden Geschwisterchens mit in die Schule. Vorsichtig nahm ich die zwei Blättchen in die Hand. Jetzt würde ich also zum ersten Mal Bilder von einem Baby im Mutterleib sehen oder besser gesagt: von einem Fötus. So nennt man die heranwachsenden Babys im Bauch nämlich, hatte Emma Sissi und mir erklärt. Also, eigentlich hatte sie es mir erklärt. Sissi kannte sich wegen ihrer drei jüngeren Geschwister und ihrer kinderreichen Familie mit Schwangerschaften und Babys ja sowieso gut aus. Im ersten Moment war ich enttäuscht: Alles, was ich auf den

Bildern erkennen konnte, war nur ein grau-weiß-blaues Durcheinander aus hellen und dunklen Flecken. Wo bitte schön sollte hier das Baby sein?

Emma zeigte es mir: »Schau mal, hier ist der Kopf mit der kleinen Nase, das ist der Körper, die Arme, die Händchen und hier die Beine. Und das da oben, das ist das Herz.«

Stimmt, jetzt sah ich es auch. »Toll!«, hauchte ich beeindruckt. »Sieht schon aus wie ein richtiger Mensch, oder?«

Sissi nahm mir die Bilder aus der Hand und betrachtete sie eingehend. »Ich glaube, es wird ein Junge!«, sagte sie dann fachmännisch. »Schaut mal, da!«

Emma schüttelte den Kopf. »Quatsch, der Zipfel, den du da siehst, das ist ihr Daumen!« Sie lächelte. »Es wird ein Mädchen. Das hat die Ärztin uns schon verraten.«

»Ein Mädchen, super!« Ich jubelte. »Dann können wir sie ja in den Prinzessinnenclub aufnehmen, wenn sie so alt ist wie wir!«

Sissi verdrehte die Augen. »Weißt du, wie alt WIR bis dahin sind?«

Ich zuckte die Achseln und ignorierte Sissis Einwand. Soweit ich weiß, gibt es keine Altersbeschränkung für Prinzessinnenclubs!

»Habt ihr schon einen Namen für die Kleine?«, fragte ich Emma. Die Namenswahl hatte ich nämlich schon immer spannend gefunden. Schon seit meiner Kindergartenzeit wusste ich, wie meine späteren Töchter heißen sollten: Alicia und Rosa, eventuell auch Natascha. Die Möglichkeit, dass ich Söhne zur Welt bringen könnte, hatte ich bei meinen Planungen bisher nicht berücksichtigt.

»Wir haben gerade erst angefangen uns Namen zu überlegen«, sagte Emma. »Am Anfang wollte Mama das nicht, weil –« Sie zögerte. »Na ja, Mama hatte Angst, dass etwas mit dem Baby nicht in Ordnung sein könnte, weil sie ja schon relativ alt ist. Für eine Schwangerschaft, meine ich. Wenn das Baby zur Welt kommt, ist sie schon vierundvierzig.«

»Ach so.« Sissi und ich nickten.

»Aber nun … wisst ihr …, dass das Baby gesund ist?«, fragte ich vorsichtig.

»Ja.« Emma lächelte. »Bei den beiden letzten Untersuchungen war alles bestens. Und Mama geht es auch gut jetzt. Viel besser als vorher. Sie freut sich auf das Baby. Und Papa sowieso.« Sie schwieg einen kleinen Moment, um dann ganz leise hinzuzusetzen: »Und ich, ich freue mich auch.«

Emmas Augen schimmerten verdächtig. Sie

schluckte, bevor sie weitersprach. »Hey Prinzessinnen, ich werde große Schwester! Ist das nicht der Wahnsinn?!«

»Das ist es«, flüsterte Sissi.

Ich selber brachte kein Wort raus, stattdessen nahm ich Emma einfach in den Arm.

Mama hatte recht. Alles würde gut werden …

»Puh, ich krieg heute noch Gänsehaut, wenn ich das lese«, sagt Emma.

»Ich auch.« Sissi lächelt. »Diesen Moment werde ich nie vergessen.«

»Ich auch nicht«, sage ich. »Das war echt kaum noch steigerungsfähig!«

»Oh doch!«, grinst Sissi. »Denkt mal nach …!«

Stimmt.

S*päter erzählte uns Emma,* dass es ihrer Mutter in den ersten Monaten der Schwangerschaft tatsächlich nicht gut gegangen war. Meine Mama lag richtig mit ihrer Vermutung: Emmas Mutter hatte sich schrecklich schwach gefühlt, ihr war andauernd übel gewesen und das hatte ihr Angst gemacht. Schließlich wusste sie ja, dass die erste Zeit mit einem Baby zwar wunderschön ist, aber auch sehr anstrengend sein kann, wenn man wenig Schlaf bekommt und das Baby viel schreit. Eine Zeitlang war die Frauenärztin wohl richtig besorgt gewesen. Hinzu kam, dass Emmas Eltern tatsächlich fürchteten, Emma könne sich zurückgesetzt fühlen und eifersüchtig auf das Baby reagieren. Oder es schlicht und einfach blöd finden, dass ihre Eltern so spät noch ein Kind bekamen. Schließlich hatte Emma ihre Eltern über viele Jahre ganz für sich allein gehabt. Sie war daran gewöhnt, dass die beiden ständig um sie herumtanzten. Aus all diesen Gründen hatten

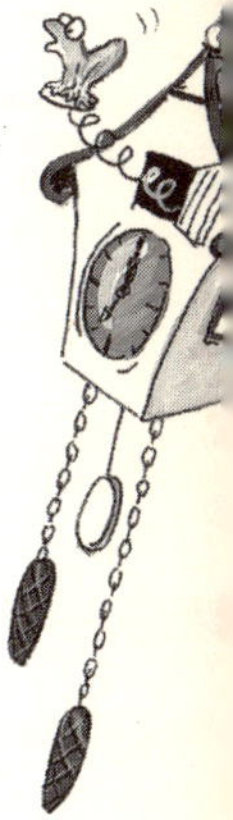

Emmas Eltern es immer wieder aufgeschoben, Emma von der Schwangerschaft zu erzählen.

»Stellt euch vor, ich musste Mama und Papa erklären, dass ich sie nicht mehr so brauche wie früher«, sagte Emma. »Ich meine, dass ich sie auf andere Weise brauche als das Baby!«

»Und das hat deine Mutter beruhigt?«, fragte ich.

»Ja, ich glaube schon.« Emma nickte, dann fuhr sie stolz fort: »Außerdem hab ich Mama versprochen, ihr ganz viel zu helfen: das Baby wickeln, baden, eincremen, spazieren fahren, na all so was eben. Das kann ich doch alles lernen! Wusstet ihr, dass es sogar Baby-Pflege-Kurse für ältere Geschwister gibt?« Emma kicherte. »Da übt man mit einer Babypuppe. Papa hat mich schon angemeldet.«

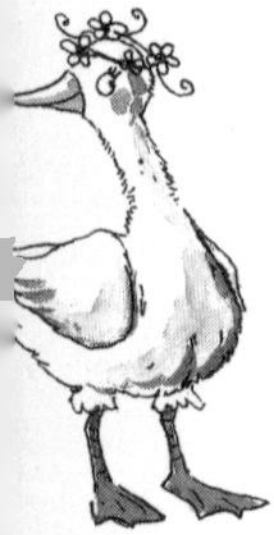

Ich war ehrlich beeindruckt. Anscheinend war Emma wild entschlossen, die perfekteste große Schwester der Welt zu werden! Was für ein rasanter Kurswechsel! Aber in eine gute Richtung. Da waren Sissi und ich uns einig.

Auch mit »Hans im Glück« ging es voran. Unsere Parallelklasse hatte in den letzten Wochen eifrig am Bühnenbild gebastelt. Es sollte eine Sommerlandschaft darstellen: eine saftig grüne Wiese vor goldgelben Weizenfeldern und darüber ein strahlend blauer Sommerhimmel mit weißen Wölkchen. Im Vordergrund sollten dann unterschiedliche Szenerien eingesetzt werden: zuerst das Haus von Hans' Meister, dann ein Hügel für die Pferde-Tausch-Szene, ein Baum für die Geschichte mit der Kuh, eine Wegkreuzung (für das Schwein), Sonnenblumen (für die Gans) und schließlich der Brunnen, in den Hans den Wetzstein des Scherenschleifers fallen lässt. Alle Szenerien sollten auf stabile Pappwände gemalt werden. Das Schlussbild sollte dasselbe sein wie das Anfangsbild: Für die Darstellung von Hans' Heimkehr zu seiner Mutter würde noch einmal die Papp-Wand mit dem Haus des Meisters auf die Bühne geschoben werden, allerdings jetzt mit andersfarbigen Vorhängen. Der Auftritt von Tiffany, die zähneknirschend die Rolle von Hans' Mutter übernommen hatte (besser als gar nichts), sollte die Schlussszene einleiten: Nach einem glücklichen Wiedersehen von Mutter und Sohn würde die Hip-Hop-Gruppe mit Marie, Hans und allen anderen Darstellern auf Tournee gehen. Die verschiedenen Stationen der bevorstehenden Reise rund um den Globus sollten durch bunte Landesflaggen symbolisiert werden. So weit jedenfalls der Plan. Fertig war das Bühnen-

bild noch nicht. Aber das musste es ja auch nicht. Die vier Tierkostüme für die Tausch-Szenen wurden dringender gebraucht. Natürlich wäre es möglich gewesen, die Tiere ebenfalls einfach auf Pappe aufzumalen. Aber Frau Eggert, die Kunstlehrerin der anderen Klasse, hatte darauf bestanden, dass sämtliche Tiere von Menschen dargestellt werden sollten und damit Basta! Wie Sissi und ich schon vermutet hatten, sollten Kuh, Pferd und Schwein von jeweils zwei Personen gespielt werden. Der jeweilige Vordermann würde einen Tierkopf aus Pappmaschee tragen, an dem eine große Decke – sprich: ein rosa, ein braunes oder ein kuh-geflecktes Tierfell – befestigt war, unter dem dann der zweite Darsteller steckte und das Hinterteil bildete. Jedes Hinterteil war zudem mit einem keck wippenden Pferde-, Kuh- oder Ringelschwanz versehen, was bei der ersten Anprobe natürlich heftigste Kicherattacken auslöste. Vor allem die Jungs bekamen sich gar nicht mehr ein. Während Kevin, Raphael und Tarik vor sich hin prusteten, beugte sich Sissi zu mir herüber. »Ich glaube nicht, dass irgendwer in dem albernen Outfit«, Sissi deutete auf das schwarz-weiß-gefleckte Kuh-Hinterteil mit Wippschwanz, »freiwillig auf die Bühne geht.«

Aber Sissi sollte sich irren. Zu unserem Erstaunen waren sämtliche Tierrollen im Handumdrehen besetzt. Anscheinend war es doch irgendwie verlockend, in einem Theaterstück mitzuwirken, ohne eine einzige Zeile Text lernen zu müssen.

Die letzte Rolle wurde mit der quirligen Jana als Gans besetzt. Sissi und ich atmeten erleichtert auf. Der Ringelschwanz-Kelch war an uns vorübergegangen. Gut so! Wir hatten ohnehin genug zu tun. Schließlich mussten wir auch noch das Werbeplakat fertigstellen, Kopien davon anfertigen lassen und dafür sorgen, dass das Plakat zwei Wochen vor dem Schulfest in sämtlichen Geschäften der Umgebung aufgehängt wurde. Aber bis dahin war noch Zeit. In den nächsten Tagen würden sich Sissi und ich erst mal auf unsere Hauptaufgabe, die Organisation der Hans-im-Glück-Tauschbörse, konzentrieren.

Frau Hasemann hatte den Hausmeister gebeten, Sissi und mir einen kleinen Raum im Untergeschoss der Schule aufzuschließen, wo wir die Tausch-Gegenstände sammeln konnten. Mamas Kuckucksuhr und die schöne antike Backform von Sissis Eltern lagerten schon hier. Und mit der Zeit kamen immer mehr Sachen hinzu. Einige waren das Ergebnis erfolgreicher Tauschgeschäfte, oft gegen einen persönlichen Arbeitseinsatz. So hatte

Lukas für zwei Stunden Gartenarbeit von seinen Eltern eine schön gebundene Ausgabe von Goethes »Wahlverwandtschaften« bekommen. Büsra hatte einen Kirschkuchen gebacken und ihn beim Nachbarn gegen zwei seltene Schallplatten getauscht. Sissi, Emma und ich hatten von Frau Blümlein tatsächlich ein schönes Kännchen aus geschliffenem Kristall bekommen – für das Umtopfen diverser Zimmerpflanzen. Frau Puppel hatte einen kleinen Porzellan-Engel gestiftet und dafür von Sissi ein großes Glas bester Lilienthal-Konfitüre erhalten.

Sissi schaute auf die Liste, wo wir alle Spenden und Spender fein säuberlich notiert hatten. »Guck mal, Diana, mit dem Füller, dem Schlüsselanhänger und dem Adressbuch, das wir heute noch von Stine bekommen haben, sind es jetzt insgesamt fünfundzwanzig Sachen, die wir versteigern oder weitertauschen können. Das ist doch super, oder?«

Ich nickte. »Und die Sachen sind zum Glück alle in Ordnung. Wäre super-unangenehm gewesen, wenn wir was hätten ablehnen müssen.«

»Zum Glück hat Frau Hasemann ja vorher klar gesagt, dass es bei der Tauschbörse nicht darum geht, irgendwelchen alten Schrott loszuwerden«, meinte Sissi.

Sissi trug ihre Haare heute aufgesteckt in einer komplizierten Zopffrisur. Durch die Räumerei in unserer Kammer waren ihre Wangen gerötet und auf ihrem langen dunklen Rock tanzten Staubflocken. Sie sah hübsch aus, wie einem alten Film entsprungen.

Ich überlegte. »Was wir jetzt noch brauchen, ist eine Bescheinigung der Schule über unsere Aktion.«

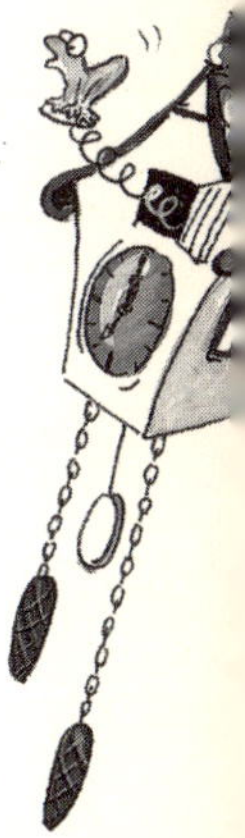

»Dazu müssten wir aber erst mal festlegen, wer den Erlös der Versteigerung bekommen soll«, meinte Sissi. »Es gibt ja total viele verschiedene Hilfsorganisationen!«

»Stimmt!« Ich nickte. »Mama und Papa spenden seit Jahren Geld für ›Ärzte ohne Grenzen‹. Die arbeiten in der ganzen Welt, überall, wo sie gebraucht werden.«

»Davon hab ich auch schon mal gehört«, sagte Sissi. »Finde ich gut. Aber ich glaube, Frau Hasemann hat schon eine andere Idee.«

Sissi hatte recht. Am nächsten Tag fragte uns Frau Hasemann, ob wir schon mal von der »Arche« gehört hätten.

Lukas meldete sich als Erster. »In der Bibel gibt es doch die Geschichte der Arche Noah.«

»Richtig.« Frau Hasemann nickte. »Daran ist der

Name des Projekts auch angelehnt. Die ›Arche‹* ist ein Haus für Kinder, die Hilfe brauchen, weil ihre Eltern große Probleme haben oder sich zu wenig um sie kümmern. In der ›Arche‹ können diese Kinder essen, spielen, erzählen, Geschichten hören, Hausaufgaben machen, und sie bekommen jede Art Hilfe und Unterstützung. Bisher gibt es fünf ›Arche‹-Häuser in Berlin, Hamburg, München, Potsdam und Düsseldorf. Aber bald soll es noch mehr ›Archen‹ geben: lauter kleine Fluchtpunkte für Kinder, denen es nicht so gut geht wie euch.«

»Und Sie denken, wir sollten den Erlös unserer Tauschbörse der ›Arche‹ spenden?«, fragte ich.

»Das wollte ich euch vorschlagen.« Frau Hasemann lächelte. »Wärt ihr denn damit einverstanden?«

Das waren wir.

»Manchmal werde ich richtig traurig, wenn ich mir überlege, wie viele Kinder es schlechter haben als wir«, sagt Emma bedrückt.

Das geht mir genauso.

Auch Sissi nickt nachdenklich. »Vielleicht können wir das ja später irgendwann mal ändern«, meint sie dann.

»Wie denn?«, frage ich. »Willst du Sozialarbeiterin werden?«

»Nö«, sagt Sissi, »Politikerin!«

»Politikerin?«, echot Emma.

Sissi grinst. »Warum nicht? Prinzessin bin ich ja schon.«

Stimmt eigentlich.

Aber bis Sissi so weit ist, können wir ja schon mal anfangen, die Welt zu verbessern. Zumindest ein bisschen.

* Das Hilfsprojekt »Arche« gibt es wirklich. Schaut mal im Internet unter: www.kinderprojekt-arche.de

Und dann ging es endlich richtig los: Der Tag unserer großen Tausch-Aktion war gekommen. Emma und ich hatten am Vortag noch jede Menge Bananen besorgt, um zwischendurch Kraft zu tanken. Das war Mamas Idee gewesen. Sie schwört darauf. Wirklich, wenn man Mama glauben kann, verleihen Bananen im Handumdrehen Bärenkräfte und verdoppeln die Gehirnleistung. Ich beschloss, zumindest heute an die Zauberwirkung des gelben Affenfutters zu glauben.

Prüfend sah ich zum Himmel. Mit dem Wetter hatten wir schon mal Glück! Es war warm, aber nicht zu heiß, um durch die Stadt zu laufen.

In der Schule packten wir unsere Tauschsachen ein und zogen im Gänsemarsch los. Zuerst zum Café, in dem Frau Hasemann auf uns warten würde, hier war sozusagen unsere Zentrale. Schon am Vortag hatte Frau Hasemann die Gruppen und deren jeweiligen Einsatzgebiete festgelegt, was in der Klasse natürlich mittelschwere Kampfhandlungen ausgelöst hatte. Ich war fest davon ausgegangen, dass der Prinzessinnenclub, also Sissi, Emma und ich, gemeinsam losziehen würden. Aber Frau Hasemann hatte darauf bestanden, Jungen und Mädchen zu mischen, weil das angeblich eine bessere Außenwirkung hätte. Daher befand ich mich nun mit Kevin, Tiffany und Emma auf dem Weg zum Wochenmarkt, während Sissi mit Jo, Ronja und Lukas Richtung Altstadt losgetrabt war.

Seufzend blickte ich mich nach meiner Gruppe um. Ich konnte mir beim besten Willen nicht vorstellen, wie man mit Tiffany und Kevin im Schlepptau eine »gute Außenwirkung« erzielen sollte. Tiffany hatte zur Feier des Tages jede Menge pinkfarbenen Lipgloss aufgelegt und trug nagelneue rosa Glitzersandalen. Und Kevins blonde Nashorn-Haartolle schien heute besonders grell zu leuchten. Emma, die ein Stück zurückgeblieben war, bewegte lautlos die Lippen. Ich blieb stehen, um auf sie zu warten. »Sprichst du etwa mit dir selbst?«

Emma errötete. »Quatsch! Ich sag mir nur noch mal unseren Spruch vor. Du weißt schon: Wie wir unsere Aktion in den Läden vorstellen wollen.«

Also manchmal hatte Emma echt einen Schuss! »Aber das musst du doch nicht auswendig lernen!«

Ich kicherte. »Wir reden einfach drauflos. Die werden schon verstehen, was wir wollen.«

»Wenn du meinst.« Emma deutete nach vorn. »Da sind die ersten Marktstände. Fängst du an?«

»Klar, kein Problem!« Tapfer hielt ich auf einen großen Obst- und Gemüsestand zu und baute mich direkt vor dem rotgesichtigen Verkäufer auf. »Guten Tag«, sagte ich laut. »Wir sind Schüler des Schiller-Gymnasiums und wir –«

»... müssen uns hinten anstellen wie alle anderen auch!«, keifte eine ältere Frau hinter mir. »Unverschämtheit, so eine Vordrängelei!«

Erschrocken drehte ich mich um. Oje, in meiner Aufregung hatte ich völlig übersehen, dass die Leute neben mir nicht etwa das Obst und Gemüse in Augenschein nahmen, sondern darauf warteten, bedient zu werden. Peinlich!

Diesmal war ich diejenige, die knallrot anlief. Ich entschuldigte mich hastig und schob Kevin, Tiffany und Emma weiter.

Als nächstes kam ein Milch- und Käsewagen. Diesmal vergewisserte ich mich vorher: Nein, keine wartenden Kunden in Sicht! Dann mal los! Freundlich sah uns die Verkäuferin an. »Na, was darf's denn sein, Herrschaften?«

Ich stupste Kevin an. Vielleicht wollte er ja

mal den Anfang machen? Schließlich hatte er sonst auch immer eine große Klappe! Aber Kevin schwieg so eisern, als habe er soeben ein entsprechendes Gelübde in irgendeinem Kloster abgelegt. Tiffany betrachtete ihre Fingernägel und Emma sah angestrengt zu Boden. Na, toll!

»Halloooo!«, trompetete die Verkäuferin. »Habt ihr euch noch nicht entschieden? Welchen Käse mögt ihr denn besonders gern?«

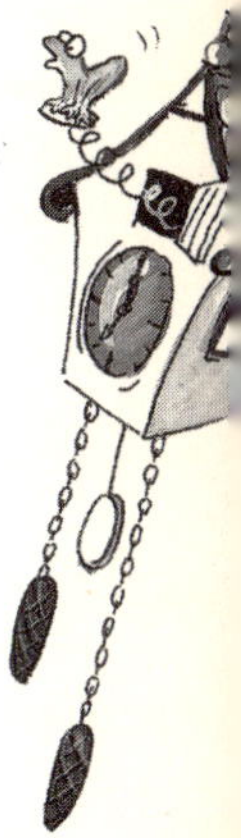

Jetzt beschloss Kevin doch noch den Mund aufzumachen. »Keinen!«, sagte er. »Ich kann Käse nicht ausstehen! Der stinkt!«

»Du, das finde ich auch!«, pflichtete Tiffany ihm bei. »Total eklig!«

Die Verkäuferin sah uns verdutzt an. »Ja, aber was wollt ihr denn –?«

Es wurde eindeutig Zeit mich einzuschalten.

»Wir sind Schiller des Schülergymnasiums«, platzte ich heraus.

»Ihr seid was?« Jetzt sah die Verkäuferin komplett verwirrt aus.

»Sie meint: Wir sind Schüler des Schillergymnasiums«, erklärte Tiffany.

»Aber das habe ich doch gesagt!«, fauchte ich.

»Nein, du hast gesagt: Wir sind Schiller des Schülergymnasiums«, dozierte Tiffany.

»Wirklich? Na, ist ja auch egal«, seufzte ich. »Also, wir sind Schüler des Schillergymnasiums.«

»Das habe ich inzwischen verstanden«, nickte die Verkäuferin. »Und?«

Ich hatte das deutliche Gefühl, wir sollten zum Punkt kommen, bevor die gute Frau die Geduld verlor.

Ich holte tief Luft. »Wir machen eine Tauschaktion für einen guten Zweck.« So, das war doch schon mal ein prima Anfang. »Wir haben hier Sachen, die wir gerne tauschen möchten.« Ich langte in meine Tasche. »Zum Beispiel diesen Kugelschreiber!«

»Den wollt ihr gegen Käse tauschen?«

»Vielleicht nicht gerade gegen Käse«, schaltete sich Kevin von hinten wieder ein.

Die Verkäuferin stemmte ihre Hände in die Hüften. »Aber das hier ist nun mal ein Käsestand, Kronjuwelen habe ich nicht zu bieten! – Also, was ist nun: Wollt ihr ein großes Stück Gouda für den Kuli oder«, sie überlegte, »vielleicht meine Spezialität: hausgemachten Sahnequark mit Früchten und Baiserhaube?«

»Wir können doch keinen alten Quark versteigern!«, zischte Tiffany mir zu. »Der fängt an zu stinken bis zum Schulfest!«

Die Verkäuferin atmete tief ein und wieder aus. Vermutlich eine Art Entspannungsübung.

»Wir können ihn doch wieder eintauschen!«, zischte ich zurück. Und bevor Tiffany jetzt wieder irgendwelche Einwände erheben konnte, wandte ich mich mit meinem nettesten Lächeln an die Verkäuferin. »Wir hätten gerne den Früchtequark bitte! Vielen Dank!«

»Auch gut!« Die Käse-Frau reichte mir den Becher über die Theke. Wahrscheinlich hätte sie uns auch ihren halben Stand geschenkt, nur um uns endlich loszuwerden.

»Na, das ist doch super gelaufen«, sagte Kevin gut gelaunt, als wir weitergingen.

»Spinnst du?!« Tiffany tippte sich an die Stirn. »Das war ein Megaflop!«

Emma warf einen sehnsüchtigen Blick auf den Quarkbecher in meiner Hand. »Ich glaube, das da oben drauf sind frische Stachelbeeren und darüber kleine Baisers! Sieht superlecker aus, findet ihr nicht?«

Statt einer Antwort verstaute ich den Quark in meiner Tasche und drückte Emma eine Banane in die Hand.

»Damit ihr's wisst: Den nächsten Tauschhandel übernehme ich«, verkündete Tiffany und steuerte auch schon auf einen Stand mit Honigkerzen zu. Zur Sicherheit blieb ich ihr dicht auf den Fersen. Bei Tiffany musste man aufpassen, dass sie nicht die Kuckucksuhr gegen eine mickrige Ein-Euro-Kerze tauschte. – Aber fünf Minuten später musste sogar ich zugeben, dass Tiffany ihre Sache gut machte. Im Handumdrehen hatte sie ein langweiliges Taschenbuch gegen vier große, duftende goldgelbe Honigkerzen eingetauscht.

Anschließend gelang es Kevin, ein Mini-Mensch-ärgere-dich-nicht-Spiel, das er mal auf einer Tombola gewonnen hatte, gegen ein Paar Lammfell-Hausschuhe einzutauschen. Und Emma bekam für Frau Blümleins Kristallkännchen am Blumenstand eine riesige Yucca-Palme in den Arm gedrückt.

Als wir den Wochenmarkt abgegrast hatten, konnten wir recht zufrieden mit uns sein. Durch unsere erste Tausch-Runde waren wir zwar nicht gerade zu Reichtümern gekommen, aber wir hatten auch kein schlechtes Geschäft gemacht, sondern uns jedes Mal verbessert. Und der einleitende Spruch, mit dem wir unsere Tausch-Aktion anfangs vorstellten, ging uns inzwischen auch schon viel leichter von den Lippen. Abgeblitzt waren wir nur an einem einzigen Stand: Der dünne, ältere Mann, der Süßwaren, Pralinen und Kekse

verkaufte, hatte Emma mitten im Satz unterbrochen, um sich einer »richtigen« Kundin zuzuwenden. Nachdem er die Dame überhöflich bedient und verabschiedet hatte, knipste er sein Lächeln blitzschnell aus und verscheuchte uns wie lästige Fliegen. So ein Heuchler! Ich beschloss, Mama zu bitten, in Zukunft dort nicht mehr einzukaufen. Auch wenn die Lakritzstangen von dem Typ noch so lecker waren.

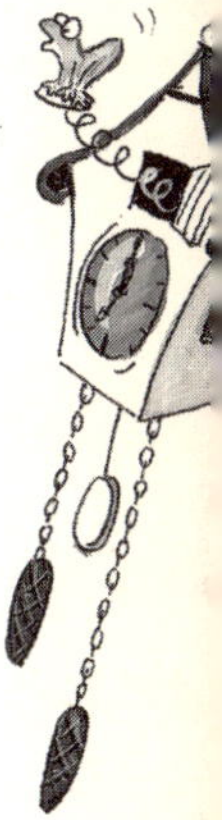

»Und wohin jetzt?«, ließ sich Kevin durch die Blätter der Yucca-Palme vernehmen. Als echter Kavalier hatte er Emma das Riesengewächs abgenommen und schleppte es nun keuchend herum.

Ich blickte auf meine Liste. »Jetzt nehmen wir uns die Läden in der Königspassage vor.«

»Na super!«, seufzte Emma. »Da sind doch nur so teure Schicki-Micki-Läden! Die schmeißen uns sowieso gleich hochkant raus!«

»Abwarten!«, sagte ich forscher, als ich mich innerlich fühlte, und stieß die schwere Glastür auf.

In der Passage schien es ein paar Grade kühler zu sein als draußen. Der Boden war schwarzweiß gefliest und Decke und Wände bedeckten elegante überdimensionale Glas- und Spiegelfronten. Letztere nutzte Tiffany natürlich sogleich, um ihr Outfit zu überprüfen. Ich zog sie ungeduldig weiter. Schließlich waren wir nicht zum Vergnügen hier!

Als Erstes steuerten wir eine kleine Boutique an. Sissi hatte uns nämlich eingeschärft, möglichst nicht in Ladenketten nachzufragen, sondern Einzelhändler aufzusuchen. »Da steht der Inhaber selbst im Laden und kann entscheiden, ob und was er für unsere Aktion spenden möchte«, hatte sie uns erklärt. »Bei den Ketten erwischt ihr nur Angestellte. Und die dürfen ohne Rückfrage natürlich nichts umsonst rausrücken!« Emma und ich hatten ehrfurchtsvoll genickt. Sissis Geschäftssinn war manchmal wirklich ziemlich beeindruckend.

Zögernd betraten wir jetzt die Boutique und sahen uns vorsichtig um. Nach einem Blick auf die Preisschilder schnappte ich nach Luft. Die ausgesuchten Kleider, Pullis und Shirts, die hier an betont schlichten Ständern hingen oder an arrogant blickenden Puppen drapiert waren, kosteten ja ein halbes Vermögen! Ich zögerte. Vielleicht sollten wir doch schnell wieder den Rückzug …? – Zu spät: Schon nahte eine gestylte Verkäuferin, deren überheblicher Gesichtsausdruck dem ihrer Schaufensterpuppen in nichts nachstand.

Ihr blond gesträhntes Haar bildete über der Stirn eine perfekte Welle. Dazu war sie geschminkt und gekleidet, als sei sie auf dem Weg zu einer Dinnerparty mit dem amerikanischen Präsidenten.

In sicherem Abstand blieb die Verkäuferin stehen und musterte uns vier, als seien wir Bewohner eines sehr fernen Planeten. Immerhin schenkte sie uns eine Art Lächeln. »Habt ihr euch verlaufen?«

Ich schluckte. »Nein, wir … äh … wir sind Schüler des Schillergymnasiums und wir … äh … wir veranstalten eine Tauschbörse, der Erlös ist für einen guten Zweck.«

»Ah ja?« Die Verkäuferin zog ihre Augenbrauen hoch. Sie schien sich nicht im Entferntesten vorstellen können, worauf wir hinauswollten.

»Wir haben hier ein paar Sachen, die wir Ihnen zum Tausch anbieten können«, fuhr ich tapfer fort. »Zum Beispiel die Yucca-Palme hier. Oder diese Kerzen …« Ich zog die Honigkerzen aus der Tasche. »Ach, wir haben auch etwas zu lesen!« Ich zeigte ihr den Krimi, den Tiffanys Mutter gespendet hatte. Die Verkäuferin warf nicht mal einen Blick darauf, stattdessen runzelte sie die Stirn. »Also, ich wüsste wirklich nicht, was ich …«

»Zeig ihr den Quark!«, zischte Emma von hinten.

Wie bitte?! Ich konnte mir nicht vorstellen, dass die super-schlanke Verkäuferin überhaupt irgendetwas zu sich nahm. Aber meinetwegen. Ich nahm den Quarkbecher aus meiner Tasche und stellte ihn vorsichtig auf den Verkaufstresen.

»Oh!«, machte die Verkäuferin nur. Sie trat näher. »Sind das etwa Stachelbeeren da oben drauf?«

Emma, die neben mich geschlüpft war, nickte eifrig. »Bedeckt mit einer kleinen Lage frischer Baisers.«

»Wunderbar ...!«, zwitscherte die Verkäuferin entzückt. Sie betrachtete den Becher wie ein seltenes Kleinod, ihre Augen leuchteten. »So hat das meine Oma auch immer gemacht: ganz dicker frischer Sahnequark mit einem Hauch echter Vanille, dazu säuerliche Stachelbeeren aus dem Garten – und obenauf ... zuckersüße Baisermasse ... Himmelspeise hat meine Oma das genannt! Himmelspeise ... und so schmeckte es auch.« Die Verkäuferin seufzte. »Himmelspeise habe ich seit Jahren nicht mehr gegessen ...« Irgendwie sah sie jetzt gar nicht mehr arrogant aus. Im Gegenteil, richtig sympathisch. Ich beschloss, die günstige Gelegenheit nicht ungenutzt verstreichen zu lassen.

»Sie möchten den Quark also gerne haben?«

»Was? ... Äh, oh ja! – Was könnte ich euch denn dafür geben?« Ratlos sah sie uns an. Aber dann – pling! – strahlte sie plötzlich und stöckelte eifrig nach hinten, um gleich darauf mit einer großen Leinwand zurückzukehren. Es war ein überdimensionaler Fotodruck in Schwarz-Weiß: Marilyn Monroe, die in einem atemberaubenden Abendkleid eine Flasche Chanel N°5 küsst.

»Wow!« Tiffany quiekte fast vor Begeisterung. Aber ich musste ihr ausnahmsweise recht geben. Das Bild war wirklich toll! Absolut super-wunderschön! Ungläubig wandte ich mich an die Verkäuferin. »Und das wollen Sie wirklich abgeben?«

Sie zuckte die Achseln. »Es stand mehrere Monate im Schaufenster und war eine tolle Deko. Aber nächste Woche kommt die neue Kollektion. Da passt es nicht mehr!« Sie lächelte. »Na, wie ist es: Wollt ihr das Bild haben, also im Tausch gegen die Himmelspeise?«

Was für eine Frage! Klar wollten wir! Wir nickten eifrig.

Aber das Bild war eindeutig zu groß, um es quer durch die Stadt zu schleppen. Ich verabredete mit der Verkäuferin, später mit Papa zusammen noch mal wiederzukommen, um die schöne Marilyn heil nach Hause oder am besten direkt in die Schule zu transportieren.

Als wir die Boutique verließen, hätte ich am liebsten Luftsprünge gemacht. Ich meine, wer hätte gedacht, dass diese scheinbar so arrogante Schnepfe angesichts eines Bechers Sahnequark mit Stachelbeeren und Baiser zur weichgespülten guten Fee mutieren würde?! Wahnsinn!

»Das Bild wird mit Sicherheit der Hit bei unserer Versteigerung!«, sagte ich triumphierend. »Oder was meint ihr?«

»Auf jeden Fall!« Die anderen nickten.

»Und wohin jetzt?«, fragte Kevin.

Tiffany deutete auf ein Geschäft für feine Schreibwaren, schräg gegenüber. »Wie wär's damit?«

Wir trabten los.

Eine Stunde später hatten wir die Honigkerzen vom Markt gegen ein feines ledernes Schreib-Etui getauscht. Aus Tiffanys Krimi war eine schöne handbemalte Obstschale geworden. Und statt der fünf Bananen, die eigentlich als Proviant für uns gedacht waren, trug ich nun eine kleine knallrote Handtasche aus der letzten Saison über der Schulter. Das Täschchen hatten wir einer weiteren hungrigen Verkäuferin zu verdanken, die direkt nach dem Tausch gierig über unsere Bananen hergefallen war. Anscheinend gab man dem Personal in diesen Edel-Läden nicht genug zu essen …

Die meisten Geschäftsleute waren von unserer Tauschbörsen-Idee angetan und gerne bereit gewesen, etwas für die »Arche« zu spenden. Zumal wir natürlich klugerweise jedes Mal versichert hatten, dass zur Versteigerung auch die örtliche Tagespresse eingeladen würde und alle Spender namentlich genannt würden. Erstaunlicherweise hatten wir die schriftliche Erklärung von Frau Hasemann über unsere Aktion nicht ein einziges Mal gebraucht. Anscheinend hatten uns alle Leute auch so geglaubt, dass wir den Erlös unserer Versteigerung nicht etwa in Kaugummi und PC-Spiele umsetzen würden, sondern tatsächlich einem guten Zweck spenden wollten. Kevin, Emma, Tiffany und ich waren jedenfalls rundum zufrieden mit uns, als wir gegen Mittag Frau Hasemann im Café wieder trafen. Nach und nach trudelten auch die anderen dort ein. Frau Hasemann spendierte großzügig eine Runde Limonade, während wir uns gegenseitig stolz unsere Schätze zeigten und die jeweilige Tauschgeschichte dazu erzählten. Wirklich toll, was alles zusammengekommen war! Die Gruppe von Sissi, Lukas, Jo und Ronja hatte beispielsweise die alte Lilienthalsche Backform gegen drei wunderschöne Fotobände der Erde getauscht, und ein Adressbuch gegen ein Paar neuwertige Stelzen, die nur einen klitzekleinen Fehler in der Holzmaserung aufwiesen.

Die meisten anderen Gruppen konnten ähnliche Erfolge vorweisen. Nur wenige berichteten von unfreundlichen, geizigen Geschäftsleuten und genervten Verkäuferinnen.

Frau Hasemann hörte sich alle Tauschgeschichten gespannt an, lobte und bewunderte hier, tröstete und ermunterte dort. Dann ging es zurück zur Schule.

Als später alle frisch erworbenen Schätze sicher in unserem Kämmerchen verstaut waren, sahen Emma, Sissi und ich uns zufrieden an. Wenn weiterhin alles so gut lief, würde für die »Arche« durch die Versteigerung mit Sicherheit eine schöne Summe Geld zusammenkommen.

Hey, wir drei konnten wirklich gewaltig stolz auf uns sein!

»Na, das waren wir ja auch«, Emma grinst, »stolz, meine ich. Wisst ihr noch, wie oft wir uns gegenseitig von unseren Erfolgen vorgeschwärmt haben?«

Sissi verdreht die Augen. »Ich glaube, die Geschichte von eurer Himmelspeise kann ich in zehn Jahren noch auswendig!«

»Na hör mal«, sage ich empört. »Das war ja wohl wirklich etwas Besonderes!«

»War es auch«, besänftigt mich Sissi.

»Es kostete echt Überwindung, in diese Edel-Geschäfte reinzumarschieren«, sagt Emma. »Aber ich finde, wir haben das gut gemacht. Wir alle.« Emma wirft mir einen herausfordernden Blick zu. »Auch Kevin und Tiffany, oder, Diana?«

Ich nicke gnädig. Zugegeben, das blondierte Nashorn und Miss Barbie haben mich echt überrascht.

Es geschehen eben noch Zeichen und Wunder.

Wie geht es jetzt weiter?«, fragte ich Sissi ein paar Tage später. Sissi überlegte. »Na ja, ich denke, wir sollten Mindestgebote für die einzelnen Sachen festsetzen. Und dann müssen wir natürlich alle Gegenstände ordnen und uns eine gute Reihenfolge für die Auktion überlegen.«

Ich nickte. »Stimmt, wir müssen aufpassen, dass die tollen Sachen nicht gleich zu Anfang versteigert werden und am Schluss nur noch langweiliges Zeug da ist.«

»Na, hör mal! So viel langweiliges Zeug haben wir doch gar nicht!«, sagte Sissi. »Da fällt mir ein: Was ist eigentlich aus der Kuckucksuhr von deiner Mutter geworden? Gegen was habt ihr die eingetauscht?«

»Ach ja, die Kuckucksuhr …« Ich tat so, als würde ich angestrengt überlegen. Schließlich schüttelte ich den Kopf. »Du, tut mir leid, ich kann mich grad' nicht erinnern. Wir hatten so viel Zeug …«

»Schon gut«, Sissi winkte ab, »ist nicht so wichtig!« Sie versuchte ihre Enttäuschung zu verbergen, aber so ganz gelang es ihr nicht.

Für einen Moment tat sie mir richtig leid. Ich zögerte. Sollte ich Sissi nicht doch verraten, was Jo, Emma und ich mit der Kuckucksuhr vorhatten? Nein, entschied ich. Später würde Sissis Überraschung umso größer sein …

In den nächsten Wochen waren wir alle sehr, sehr fleißig. Sissi und ich entwarfen, präsentierten und verwarfen mindestens zwei Dutzend Entwürfe für das »Hans im Glück«-Plakat, bevor sich Frau Hasemann und die anderen endlich für eine ganz schlichte Variante entschieden. Auf dem Plakat war jetzt nur der Titel des Märchens sowie Zeit und Ort der Aufführung zu lesen, und drum herum locker angeordnet verschiedene Glückssymbole: Kleeblatt, Marienkäfer, Hufeisen, Glückscent und Schweinchen. Das Ganze wirkte richtig edel, fand ich.

Jetzt standen auch wieder mehr Proben für das Theaterstück an. Und die gestalteten sich weitaus komplizierter als zuvor, weil nun auch die Tier-Darsteller in die verschiedenen Szenen eingebunden werden mussten. Wenn es anfangs noch ein Riesenspaß gewesen war, zu zweit halb blind unter einer Kuhdecke schwanzwippend über die Bühne zu stolpern, wurde es jetzt ernst. Schließlich sollte der »Hans im Glück« nicht zur Lachnummer werden. Obwohl es zeitweilig leider sehr danach aussah! Als Jannis sich in der Probe zum dritten Mal hintereinander in seinem Schweineschwänzchen verheddert, seinen Vordermann zu Fall und Kevin alias Hans aus dem Konzept gebracht hatte, flippte Frau Hasemann aus: »Himmeldonnerwetter, könnt ihr euch jetzt bitte mal konzentrieren!«, schimpfte sie. »In knapp zwei Wochen steht ihr vor einem richtigen Publikum! Da wollen wir uns doch nicht blamieren, oder?«

Aus den Augenwinkeln sah ich, wie Emma erbleichte. Oje, anscheinend reichten die Stichworte »Publikum« und »blamieren« aus, um sie an den Rand einer Panikattacke zu treiben. Dabei hatte Emma ihre Sache bisher wirklich super gemacht! Sie war die Erste gewesen, die ihren Part komplett auswendig konnte, wofür Frau Hasemann sie ausgiebig gelobt hatte, und ihr Zusammenspiel mit Kevin klappte auch wunderbar. Ehrlich gesagt, wirkten die beiden richtig süß zusammen! Aber jetzt, wo der Tag X unaufhaltsam näher rückte, schienen Emmas Ängste langsam wieder aus der Versenkung gekrabbelt zu kommen.

»Das war ja wohl eine Katastrophe heute«, seufzte sie mutlos, als wir drei Prinzessinnen nach der Probe in unserem Lieblingseiscafé saßen. »Und die Werbung da würde ich am liebsten gleich wieder abreißen!« Emma deutete auf das druckfrische Plakat, das Sissi und ich gerade im Eingangsbereich des Cafés aufgehängt hatten. Dann fuhr sie fort: »Wenn unsere Aufführung auch nur halb so schlimm wird wie die Probe heute, rennen die Leute doch nach der Hälfte des Stücks schreiend raus!«

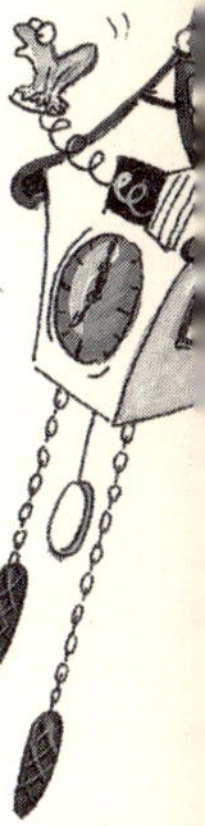

»Jetzt übertreibst du aber«, sagte Sissi und rührte in ihrer Eisschokolade. »Zugegeben, das mit den Tier-Darstellern klappt noch nicht besonders gut. Aber wenn dein Auftritt kommt, sind die doch alle schon wieder von der Bühne verschwunden.«

»Ja«, nickte Emma trübe, »und die Zuschauer wahrscheinlich auch. Wisst ihr, was ich letzte Nacht geträumt habe?«

Sissi und ich schüttelten die Köpfe.

Emma seufzte. »Also, ich hab geträumt, ich stehe auf der Bühne und soll meinen ersten Satz sagen. Ich öffne den Mund und bewege die Lippen, aber es kommt kein Laut heraus. Kein einziger Ton! Die Leute fangen an unruhig zu werden, sie räuspern sich und scharren mit den Füßen, einige kichern sogar. Und ich, ich will runter von der Bühne, fliehen, so schnell wie möglich! Nichts wie raus aus dem Scheinwerferlicht! Aber ich kann mich nicht vom Fleck bewegen. Keinen Millimeter! Ich stehe da wie festgewachsen und alle lachen mich aus. Ein tosendes, endloses Gelächter!« Emma schlug sich die Hände vors Gesicht. »Es war so furchtbar!«

»Das kann ich mir vorstellen.« Tröstend legte ich Emma den Arm um die Schultern. »Aber das wird nicht passieren. Ganz bestimmt nicht! Du wirst deine Sache super machen – und die anderen ebenfalls.«

»Das glaube ich auch.« Sissi nickte. »Wirklich! Dieses Lampenfieber kurz vor der Aufführung ist doch ganz normal, Emma! Das haben selbst ganz erfahrene Schauspieler. Das hab ich schon x-mal gelesen!«

»Echt?« In Emmas Augen glomm wieder ein Funken Hoffnung. »Und was machen die dagegen? Gegen das Lampenfieber, meine ich?«

»Tja, das weiß ich auch nicht so genau.« Sissi zuckte hilflos die Schultern. »Wahrscheinlich hat da jeder sein eigenes Rezept.«

Plötzlich fiel mir etwas ein, was Emma helfen könnte: »Als Mama sich letztes Jahr um eine neue Stelle beworben hat, hatte sie ganz doll Angst vor dem Vorstellungsgespräch. Also, nicht richtig Angst, aber sie war sehr aufgeregt. Und da hat ihr eine Psychologin einen Trick verraten.«

»Und welchen?«, fragte Emma gespannt.

Ich nahm einen Löffel von meinem Eis, dann erklärte ich: »Na ja, es klingt eigentlich ganz simpel, aber es hat geholfen. Diese Psychologin hat Mama geraten, kurz vor dem Termin, wenn die Aufregung immer größer wird, beide Hände zur Faust zu ballen. So fest, wie es nur geht. Ganz, ganz doll eben. Dann bis zehn zu zählen – und urplötzlich loszulassen und zu entspannen. Und ein paar Minuten später noch mal dasselbe.«

Emma sah mich zweifelnd an. »Und das soll was nützen?«

Ich nickte. »Bei Mama hat es jedenfalls geholfen.«

»Ist ja eigentlich auch logisch«, meinte Sissi. »Durch das Ballen der Faust verkrampft sich der Körper noch mehr als ohnehin schon. Und wenn du dann plötzlich loslässt, entspannst du dich ganz automatisch – und zwar komplett, wie ein Ballon, aus dem die Luft gelassen wird. Also, ich kann mir gut vorstellen, dass das funktioniert.«

Emma seufzte. »Okay, ich werde es auf jeden Fall probieren. Hoffentlich hilft's.« Sie schwieg einen Moment, dann sagte sie leise, mehr zu sich selbst: »Vielleicht hätte ich mich eben doch nicht darauf einlassen dürfen, die Rolle zu spielen … Ich meine, ich wusste schließlich vorher, dass ich nicht gern im Mittelpunkt stehe und so. Die Albträume deswegen habe ich mir also selber eingebrockt.«

Sissi und ich wechselten einen schuldbewussten Blick. »Nein, Emma«, seufzte ich. »Es waren doch wohl eher wir beide, Sissi und ich, die dir das eingebrockt haben …«

»Mannomann«, sagt Sissi leise. »An dem Nachmittag hatte ich wirklich ein total schlechtes Gewissen dir gegenüber, Emma!«

»Und ich erst«, gebe ich zu. »Ich hab dich schließlich für die Rolle vorgeschlagen! – Und am Anfang war ja auch alles gut: Bei den Proben hast du deine Rolle jedes Mal toll gespielt, Emma. Du warst so stolz darauf! Aber je näher der Termin der Aufführung rückte, umso panischer wurdest du.«

»Das reinste Nervenbündel«, erinnert sich Sissi. »Dabei hättest du diese letzte Zeit allein mit deinen Eltern doch genießen sollen! Und anstatt mit deiner kugelrunden, glücklichen Mama zusammen in aller Ruhe Strampler und Schnuller auszusuchen und zu fühlen, wie das Baby in ihrem Bauch Purzelbäume schlägt …«

»… hast du ständig auf deinen Rollentext gestarrt und dir die schrecklichsten Dinge ausgemalt«, ergänze ich seufzend. »Und das alles, weil wir dich ein paar Monate zuvor gedrängt hatten, die ›Marie‹ zu spielen!«

»Macht euch keine Gedanken!« Emma lächelt. »Es war eben einfach eine verrückte Zeit.«

Allerdings.

Und es sollte noch viel verrückter werden …

Und dann war er plötzlich da, unser großer Tag. Über Wochen und Monate geplant, herbeigesehnt – und gefürchtet: Der Tag unseres Schulfests.

Schon um fünf Uhr morgens war ich hellwach und mein erster Gedanke galt Emma: Ob sie einigermaßen geschlafen hatte? Hoffentlich!

Zum Glück war die Generalprobe gestern Nachmittag gut über die Bühne gegangen. Zur Abwechselung stolperte mal niemand, keiner verpasste seinen Einsatz und selbst die hartnäckigsten Texthänger blieben aus. Sogar die Hip-Hop-Einlage von Tiffany und Co. mit allen Darstellern zum Schluss des Stücks war witzig und spritzig rübergekommen. Während Tiffany, Büsra und Ronja vorne am Bühnenrand eine überraschend gekonnte Tanzperformance hinlegten, bildeten die anderen Darsteller Hände klatschend und im Takt wippend hinter den dreien eine Art bunter Chorus Line. Diese einfache, aber wirkungsvolle Choreo-

graphie hatte sich Tiffany ausgedacht und sogar ich musste zugeben, dass das Ganze ein toller Schlussakkord für den »Hans im Glück« bildete. Himmel, wenn das alles heute bei der Aufführung genauso gut klappte, konnten wir wirklich mehr als zufrieden sein!

Plötzlich fiel mir etwas ein: Hieß es nicht immer, die Generalprobe musste schlecht sein, damit die Aufführung selbst dann so richtig gut würde? Ich seufzte. Ach, das war sicher auch nur so ein Schauspieler-Ammenmärchen, dem man keinen Glauben schenken durfte. Lieber nicht mehr darüber nachdenken …

Auf dem gesamten Schulgelände wimmelte es heute von Menschen: Schülerinnen und Schüler aller Altersstufen, Lehrer, Eltern, kleine Geschwister, ehemalige Schüler, Anwohner … Alles tummelte sich gut gelaunt zwischen den zahlreichen Ständen und Buden, die in der Pausenhalle und auf dem Schulhof aufgebaut worden waren. Natürlich gab es jede Menge Fressstände mit den unterschiedlichsten Leckereien. Außerdem einen Spielparcours für die Kleinen mit Rutsche, Eierlaufen, Dosenwerfen und mehreren Bastelecken. Einige Klassen veranstalteten Rate- oder Geschicklichkeitsspiele, andere präsentierten selbst gebastelte

Handpuppen, Bilderrahmen, Perlenschmuck etc. Untermalt wurde das Ganze von lautstarken Darbietungen unserer Schul-Bands.

Sissi und ich waren viel zu aufgeregt, um das alles überhaupt richtig wahrzunehmen. Es gab noch sooo viel zu tun! Da die Versteigerung direkt im Anschluss an die Hans-im-Glück-Aufführung beginnen sollte, mussten alle Sachen schon vorher fix und fertig nach Nummern geordnet bereitliegen. Die Versteigerung selbst würde Frau Hasemann übernehmen. Sissi und ich sollten ihr auf der Bühne assistieren, während Jo blitzschnell notieren würde, wer welchen Gegenstand zu welchem Preis ersteigert hatte. Damit es später, wenn die glücklichen neuen Besitzer ihre Schätze abholen wollten, kein Chaos gab.

Eigentlich war alles perfekt organisiert und es konnte gar nichts mehr schiefgehen! Aber ich zappelte trotzdem vor Nervosität herum. – Und damit war ich nicht allein: Selbst die coole Sissi hatte heute kleine rote Hektikflecken am Hals.

Prüfend scannte sie mit den Augen unseren Auktionstisch, dann nickte sie zufrieden. »So, hier ist alles fertig!« Sie blies sich eine Locke aus der Stirn. »Was meinst du: Wollen wir mal nach Emma sehen?«

Ich warf einen Blick auf die Uhr. »Die Vorstellung beginnt in knapp zwei Stunden. Emma müsste jetzt in der Maske sein. Da fällt mir ein: Sind ihre Eltern eigentlich schon da?«

»Nein!« Sissi schüttelte den Kopf. »Emma meinte vorhin, dass die beiden wahrscheinlich erst kurz vor der Aufführung kommen. Emmas Mutter ging es heute Morgen wohl nicht so gut. Kreislaufprobleme oder so …«

»Kreislaufprobleme?« Ich runzelte die Stirn. »Ist das normal?«

»Klar, in ihrem Zustand! Und bei der Hitze heute.«

Ich seufzte. »Trotzdem, Emma macht sich bestimmt Sorgen. Komm, wir schauen besser mal nach ihr!«

Während der Proben hatte ich ein paar Mal beobachtet, wie Emma ihre Hände zu Fäusten ballte und dann entspannte. Der Trick von Mamas Psychologen-Freundin schien tatsächlich zu wirken. Emma wirkte wieder etwas ruhiger. Vielleicht waren es aber auch die Proben mit Kevin, die Emmas Laune verbessert hatten. Es war erstaunlich: Emma gegenüber mutierte das blondierte Nashorn übergangslos zum Charme-Bolzen.

Sissi und ich betraten unseren Klassenraum,

der zur Garderobe umfunktioniert worden war. Ich schnupperte. Hier roch es wie in einer richtigen Theatergarderobe: nach Puder, Schminke und Haarspray – und natürlich nach Lampenfieber! Kein Wunder! Lukas, Büsra und Raphael trugen schon ihre Kostüme und wurden gerade geschminkt. Während Büsra ganz entspannt aussah, schienen sich die beiden Jungs nicht sehr wohl in ihrer Haut zu fühlen.

Beherzt kämpften Sissi und ich uns durch zu Emma, die mit Kevin, Serena und Tiffany ganz hinten in einer Ecke saß. Nanu, warum hielt Emma denn ihren Kopf gesenkt? Was war hier los? – Oh, nein, um Himmels willen, sie weinte ja! – Ich wechselte einen erschrockenen Blick mit Sissi. War Emmas Panik vor der Aufführung jetzt etwa so groß?

Als Emma Sissi und mich entdeckte, sprang sie auf und warf sich schluchzend in unsere Arme.

»Emma«, flüsterte ich erschrocken. »Emma, was ist denn?«

Ich wiegte sie im Arm und sah Kevin fragend an. »Was ist passiert?«, formten meine Lippen lautlos.

Kevin knetete seine Hände. »Emmas Vater hat gerade angerufen. Er musste Emmas Mutter ins Krankenhaus bringen. Sie hat wohl total schlimme Bauchschmerzen!«

»Wirklich Bauchschmerzen?«, fragte Sissi leise. »Oder hat sie etwa schon Wehen?«

Kevin zuckte hilflos die Achseln. »Keine Ahnung! Es ging alles so schnell. Ich glaube, er hat vom Krankenwagen aus angerufen oder so. Er musste Emma ja Bescheid sagen, dass die beiden nicht zur Aufführung kommen. Damit sie sich keine Sorgen macht.«

Emma schien sich langsam zu beruhigen. »Das Baby darf doch noch gar nicht kommen!«, schniefte sie, während sie sich aus meinem Arm löste. »Es ist doch noch viel zu früh, oder? Frau Hasemann?«

Ich atmete auf. Glücklicherweise hatte irgendjemand unsere Lehrerin zu Hilfe geholt! Frau Hasemann strich Emma beruhigend übers Haar. »Deine Mama ist doch Ende des siebten Monats, oder?«

Emma nickte. »Ja oder … äh … nein, sie ist jetzt im achten …«

»Noch besser! Dann ist das Baby in ihrem Bauch schon ziemlich groß. Mach dir keine Sorgen, Emma! Schau mal, im Krankenhaus ist deine Mutter in besten Händen. Weißt du, es kommt ganz oft vor, dass Frauen vorzeitige Wehen haben. Meistens hören die nach kurzer Zeit wieder auf und das Baby bleibt doch noch eine Weile im Bauch der Mutter …«

»Und wenn nicht?«, schniefte Emma.

»Dann wird das Baby geholt. Und es sind sofort jede Menge Ärzte da, die dafür sorgen, dass es beiden, Mutter und Kind, an nichts fehlt«, erklärte Frau Hasemann. Sie überlegte einen Moment: »Möchtest du, dass wir dich ins Krankenhaus fahren, Emma?«

»Wie? Jetzt gleich?«, fragte Emma verwirrt. »Aber was ist mit meinem Auftritt? Ich meine, ich muss doch auf die Bühne!«

»Das könnten wir notfalls irgendwie anders regeln«, sagte Frau Hasemann. »Da würde mir schon etwas einfallen.«

Emma schien zu überlegen. »Glauben Sie … ich meine, denken Sie, dass es meinen Eltern lieber ist, wenn ich bei ihnen bin?«

Frau Hasemann schüttelte den Kopf. »Ehrlich gesagt: nein! Ich denke, deine Eltern sind im Moment vollauf mit sich selbst beschäftigt. Helfen könntest du ihnen sicher nicht. Vermutlich würde man dich nicht mal zu deiner Mutter lassen. Ich glaube«, sie lächelte, »deinen Eltern wäre es das Liebste, wenn dein großer Tag genau so abliefe, wie er geplant war.«

Emma sah Frau Hasemann verwirrt an. »Sie meinen, Mama und Papa würden sich wünschen, dass ich auf die Bühne gehe? Die ›Marie‹ spiele, wie geplant?«

Frau Hasemann nickte. »Ja, genau das glaube ich! Deine Eltern wissen doch, wie sehr du für das Stück gearbeitet hast und wie gut du in deiner Rolle bist.« Sie legte Emma die Hand auf den Arm. »Aber wenn du zu aufgeregt bist, um heute auf die Bühne zu gehen, Emma, dann verstehen wir das natürlich! Dann finden wir eine Lösung.« Sie stand auf. »Überleg es dir in aller Ruhe, ja?«

Emma schwieg einen Moment, aber nicht lange. Dann schüttelte sie energisch den Kopf. »Ich brauche nicht zu überlegen.« Sie straffte den Rücken. »Ich spiele die ›Marie‹.«

»Bist du sicher?« Frau Hasemann sah Emma besorgt an.

»Ganz sicher«, nickte Emma. Sie schniefte, dann schaute sie mit schiefem Lächeln in die Runde. »Hat mal jemand ein Taschentuch für mich?«

Als sich neunzig Minuten später der Vorhang hob, saßen Sissi und ich nebeneinander in der letzten Reihe der Aula und hielten uns an den Händen. Emma war während des Schminkens und Ankleidens ganz ruhig gewesen. Fast unheimlich ruhig. Die Sorgen um ihre Mutter und das Baby schienen ihr Lampenfieber komplett verdrängt zu haben. Für Emma gab es jetzt etwas, das sehr viel wichtiger war als die Angst vor einer möglichen Blamage.

Als der Schulgong die letzten Zuschauer auf ihre Plätze scheuchte, hatte Emma uns ihr Handy in die Hand gedrückt. »Hier, falls sich mein Vater aus dem Krankenhaus meldet. Ich habe es auf lautlos gestellt. Aber auf der Bühne kann ich ja schlecht rangehen …«

»Alles klar!« Sissi hatte das Handy eingesteckt. »Und jetzt toi, toi, toi, Prinzessin Emma!«

»Danke!«

Im Eiltempo hatten Sissi und ich die Garderobe verlassen, um auf unsere Plätze zu schlüpfen.

Während die ersten Takte der Musik einsetzten, sah ich mich um. Der Zuschauerraum war brechend voll. Es gab keinen einzigen freien Platz mehr! Anscheinend waren unsere Plakate nicht ohne Wirkung geblieben. Ah, da drüben saßen meine Eltern! Jos Mutter hatte neben Sissis Eltern Platz genommen. Und da – ich stieß Sissi an – ganz vorn in der ersten Reihe thronten stolz Frau Blümlein und Frau Puppel. Sie waren ganz früh gekommen, um auch ja einen guten Platz zu ergattern. Wie lieb von ihnen!

Auf der Bühne war das Stück inzwischen in Schwung gekommen. Kevin, alias Hans, hatte den großzügigen Lohn seines Meisters bereits entgegengenommen und schleppte den schweren Goldklumpen nun stöhnend mit sich herum. Kevin machte seine Sache wirklich gut. Ganz deutlich spiegelte sein Gesicht die Anstrengung – und dann die Erleichterung und Freude, als es ihm gelungen war, den schweren Klumpen gegen ein Reitpferd einzutauschen. Als Hans sich dann anschickte, das unwillige Pferd (Jannis und Arifa) zu besteigen, von dem bockigen Vierbeiner aber abgeworfen wurde, woraufhin alle Beteiligten wild durcheinanderpurzelten, gab es den ersten Szenen-Applaus. Stolz blickten Sissi und ich in die begeisterten, lachenden Gesichter um uns herum. Sicher, wir standen nicht selbst auf der Bühne. Aber es war einfach toll, was unsere Klasse zusammen mit der Parallelklasse zustande gebracht hatte!

Während Hans von einem schlechten Tauschgeschäft zum nächsten zog, die Zuschauer immer ausgelassener und die Schauspieler auf der Bühne immer sicherer wurden, stieß Sissi mich plötzlich in die Seite.

»Emmas Handy!«, zischte sie.

»Zeig her!«

Mit zitternden Händen zog Sissi das Handy hervor. »Es ist eine SMS!«, flüsterte sie. »Meinst du, wir dürfen …?«

»Klar!«

Die ältere Dame in der Reihe vor uns drehte sich mit empörtem Blick um und legte den Finger an die Lippen. »Psst!«

»Entschuldigung!«, flüsterte ich.

Dann lasen wir die SMS von Emmas Vater: »Luisa ist da! Mama und Baby wohlauf! Alles gut! Dicker Kuss, Papa«

Sissi presste meine Hand, als wolle sie sie nie mehr loslassen. Und ich, ich war so froh, so unglaublich froh! Ich hätte auf der Stelle losheulen können vor Erleichterung. Aber dafür war jetzt keine Zeit. Entschlossen nahm ich Sissi bei der Hand und zog sie vom Stuhl. »Komm!«

So leise wie möglich standen wir auf und schlichen auf Zehenspitzen zum Ausgang. Kaum hatte sich die Aula-Tür hinter uns geschlossen, fielen wir uns in die Arme. »Puh«, seufzte Sissi, »ich bin ja sooo erleichtert!«

»Und ich erst!«, japste ich.

Sissi schaute auf die Uhr. »Erreichen wir Emma noch vor ihrem Auftritt?«

»Bloß nicht!« Ich hielt Sissi zurück. »Dann knallt

sie noch völlig durch.« Ich lächelte. »Ich habe eine viel bessere Idee … Komm, wir müssen uns beeilen!«

Als Emma die Bühne betrat, saßen Sissi und ich schon wieder auf unseren Plätzen. Dieses Mal waren wir es, die die Fäuste geballt hatten. Aber nur, um Emma die Daumen zu drücken. Dabei wäre das gar nicht nötig gewesen. Emma machte ihre Sache einfach großartig! Ganz sicher und locker gingen ihr die Sätze von den Lippen, und sie sah wunderschön aus. Stines Mutter, die einen Friseursalon besaß, hatte Emma kleine blaue Blüten ins Haar geflochten. Dazu trug Emma ein schmales weißes Mieder, das ebenso perfekt saß wie der blaue Schürzenrock. Kurzum: Es war kein Wunder, dass sich Hans auf den ersten Blick in diese Marie verliebte! Als sich das glückliche Paar gefunden hatte und schließlich Hand in Hand davonzog, gab es erneuten Szenenapplaus. Emma strahlte und ich sah, dass sich Frau Blümlein vorne in der ersten Reihe diskret die Augen tupfte.

Als wenig später Hans' Mutter (alias Tiffany), Büsra und Ronja mit ihrer Hip-Hop-Show durch die Gegend wirbelten und die anderen Darsteller nach und nach unter tosendem Applaus die Bühne betraten, da kam Sissis und meine Stunde: Genau in dem Moment, als Emma erschien, um ihren Applaus entgegenzunehmen, standen wir auf und entrollten das Spruchband, das wir eben in Windeseile gebastelt hatten. Wir sahen, wie Emma aufmerksam wurde und das Band entdeckte, wie sie las, begriff und plötzlich jubelnd die Arme hochriss. Während Emma sich auf der Bühne glückstrahlend umarmen und beglückwünschen ließ, drehten sich nun auch die Zuschauer verwundert nach unserem Spruchband herum, um zu lesen, was Emmas Jubel ausgelöst hatte:

Hallo Emma – große Schwester!
Luisa ist da! Alles Gut!
Kuss, Papa

Und der Beifall, der dann kam, der wollte kein Ende nehmen …

Mit einem Stoßseufzer lässt Emma meine letzten Seiten sinken. »Da auf der Bühne, das war … das war …«, ihre Stimme versagt und sie flüstert: »Das war einer der schönsten Momente meines Lebens!«

Sissi und ich nicken. Wir haben alle drei Tränen in den Augen.

Und plötzlich liegen wir uns in den Armen. Ich spüre Emmas Pfefferminzatem, Sissis Haare kitzeln meinen Hals. Es fühlt sich schön an. Weich und warm und kuschelig.

Als wir uns nach einer Weile voneinander lösen, müssen wir uns alle drei räuspern. Sissi findet als Erste ihre Sprache wieder. »Aber der Moment, als du deine kleine Schwester zum ersten Mal gesehen hast, Emma, der war auch wunderschön, oder?«

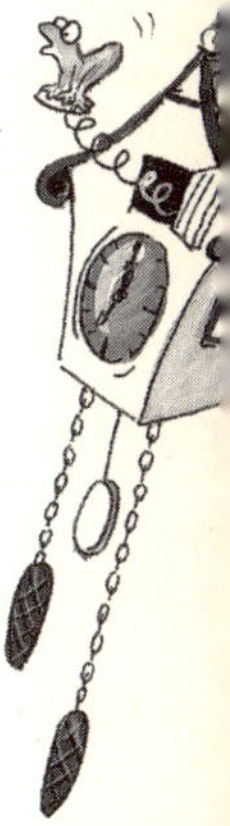

Emma nickt. »Und wie!«

Oje, ihre Augen schwimmen schon wieder! Aber es sind gute Tränen. Freudentränen.

Mein Vater hatte Emma direkt nach der Aufführung, geschminkt und kostümiert, wie sie war, in unser Auto gepackt und direkt ins Krankenhaus gefahren. Dort nahm Emmas Papa sie glückstrahlend in Empfang und brachte sie zu ihrer Mutter und dem Baby. Tatsächlich war die Geburt der kleinen Luisa unglaublich schnell und fast problemlos verlaufen. Emmas Schwesterchen war zwar noch zart und recht klein, schließlich war sie vier Wochen zu früh auf die Welt gekommen, aber sie war putzmunter und, wie die Ärzte versicherten, kerngesund. Auch Emmas Mutter erholte sich schnell von der Geburt.

»Schade ist nur, dass deine Eltern deinen großen Auftritt verpasst haben«, sagt Sissi, als sich die allgemeine Rührung ein bisschen gelegt hat.

Emma nimmt sich einen der Lilienthalschen Nougatkringel und bricht ein Stück ab. »Der Hausmeister hat doch unsere ganze Aufführung gefilmt. Meine Eltern haben alles auf DVD gesehen!« Sie grinst. »Inzwischen bestimmt schon zwanzig Mal. Und jedes Mal staunen sie mehr über ihre talentierte Tochter.«

»Du warst ja auch super!«, bestätige ich. »Ich meine, ihr wart alle gut. Aber du warst am besten!«

»Danke!« Emma errötet. »Aber Kevin hat seine Sache auch super gemacht, fandet ihr nicht?«

»Doch, das stimmt!« Ich nicke gnädig. »Mensch, da fällt mir ein: Ist auf der DVD eigentlich auch unsere Versteigerung drauf?«

»Ein Teil schon«, bestätigt Emma. »Also, die besten Szenen!«

»Du meinst, als sich unser Schulleiter Herr Dr. Knüsen und Tiffanys Vater gegenseitig mit lautstarken Geboten für unseren Marilyn-Monroe-Druck übertrumpft haben?«

»Stimmt, das war super!«, nickt Sissi. »Schön war aber auch der Moment, als sich herausstellte, dass diese verstaubte Ausgabe von Goethes ›Wahlverwandtschaften‹ eine echte Rarität ist ...«

»... und Lukas' Vater den Erlös trotzdem gespendet hat«, ergänze ich lächelnd. »Das war echt großzügig von ihm!«

»Wisst ihr, welches meine Lieblingsszene von der Versteigerung ist?«, meldet sich Emma wieder zu Wort.

»Na?« Erwartungsvoll sehen wir sie an.

Emma strahlt. »Als Jo die Kuckucksuhr ersteigert hat – und sie Sissi in die Hand drückt. Du hast echt geguckt wie ein Auto …«

»Waaas? Das wurde auch alles gefilmt?!« Sissi seufzt. »Wahrscheinlich habe ich ein total dämliches Gesicht gemacht, so überrascht wie ich war! Damit hab ich echt nicht gerechnet. Ihr Fieslinge habt mich ja wochenlang glauben lassen, dass ihr die Kuckucksuhr längst gegen irgendwas eingetauscht habt. Und dann hielt Frau Hasemann sie plötzlich wieder in der Hand …«

»Und Jo hat sie für dich ersteigert«, grinse ich. »Ach, muss Liebe schön sein!«

Sissi greift sich ein Kissen und pfeffert es mir an den Kopf. »Rede nicht immer solchen Quatsch, Diana! Der arme Jo muss jetzt ziemlich lange im Coffeeshop seiner Mutter aushelfen, um die Kohle wieder reinzukriegen.«

»Umso besser«, grinse ich. »Dann hast du wieder mehr Zeit für den Prinzessinnenclub!«

»Die nehme ich mir sowieso!« Sissis Gesicht wird plötzlich ernst. »Der Prinzessinnenclub ist superwichtig für mich, Diana! – Emma und du, ihr beide seid mir wichtig! Sehr sogar! Auch wenn ich mich gerne mal mit Jo treffe.«

»Das weiß ich doch, Sissi!«

»Wirklich?«

Himmel, jetzt macht sie mich richtig verlegen …

Ich nicke. »Ja, klar doch!«

Wir lächeln uns zu.

»Wisst ihr zwei eigentlich, dass wir mit der Versteigerung mehr als 1500 Euro eingenommen haben?«, fragt Emma dazwischen. »Frau Hasemann hat den Scheck schon an die ›Arche‹ geschickt.« Emma verschränkt zufrieden die Arme. »Also, die Hauptarbeit für die Versteigerung habt ihr ja gemacht und ich finde, ihr könnt wirklich stolz auf euch sein.«

»Das bin ich auch«, nicke ich. »Aber vor allem bin ich froh, dass ich euch beide habe.«

»Geht mir genauso«, bekräftigt Sissi. »Und ich möchte nie, nie, nie mehr ohne euch sein.«

»Brauchst du auch nicht«, sagt Emma.

»Nie und nimmer!«, bekräftige ich.

Versprochen?

Versprochen.

Großes Prinzessinnen-Ehrenwort.

© Dietmar Theis, Hamburg

Katja Reider wuchs in Goslar auf, einem mittelalterlichen Städtchen mit einer echten Kaiserpfalz. Nach ihrem Germanistik-Studium arbeitete sie als Pressesprecherin des Wettbewerbs »Jugend forscht«. Während eines verregneten Urlaubs begann sie zu schreiben – und wollte fortan gar nicht mehr damit aufhören. So entstanden, während die Jahre ins Land gingen, mehr als hundert Bücher für Kinder und Jugendliche.

Heute lebt Katja Reider mit ihrem Gemahl und ihren Kindern, Prinz Felix und Prinzessin Liva, glücklich und zufrieden in Hamburg.

Weitere Infos unter: www.KatjaReider.de

Katja Reider

Der PrinzessinnenClub

Emma, Sissi und Diana sind wahre Prinzessinnen. Und die drei sind sich sicher: Nun ist es an der Zeit, dass auch der Rest der Menschheit davon erfährt. Also gründen sie schneller als man »Rüschenrobe« sagen kann ihren Prinzessinnenclub, mit eisernen Statuten und dem hehren Ziel, von nun an nur noch Gutes zu tun. Doch irgendwie weiß niemand ihre guten Absichten zu schätzen. Bis sich eines Tages die Gelegenheit für eine wirklich gute Tat bietet ...

Der Prinzessinnenclub
ISBN 978-3-570-13398-9

Der Prinzessinnenclub
Eine für alle
ISBN 978-3-570-13439-9

Der Prinzessinnenclub
Glück hoch drei
ISBN 978-3-570-13851-9

10134

cbj

www.cbj-verlag.de